KB061424

기대어 버티기

기대어 버티기

침잠과 상승을 오가는
회복의 무늬

김연지 지음

위즈덤하우스

● Prologue

○

어느 술자리에서 한 작사가는 모든 슬픔은 2주짜리라고 말했다. 요즘은 그 말이 자꾸 생각난다. 물음표를 마구마구 던져댄다. 2주 다음엔 어떻게 되죠? 슬픔은 사라지나요? 슬픔은 슬픔 아닌 무엇으로 변질되나요? 슬픔이 불어나면요? 슬픔에 압도되면요? 2주가 지나기 전에 슬픔이 나를 죽이면요? 그런데 슬픔은 무엇이죠? 답답함, 무기력, 우울함, 숨 막힘, 미칠 것 같음. 이게 모두 슬픔인가요? 슬픔 다음엔 무엇이 있죠? 다음이 있긴 한가요?

○

정지해 있는 눈송이들. 언제부터 이랬더라. 왜 점점

나빠지지. 왜 죽지 못해 안달이지. 아니다. 살고 싶은 건가. 허공에 빈틈이 많다. 시간도 마찬가지. 아무도 나를 지킬 수 없다. 지금처럼. 죽고자 하면 언제든 죽을 수 있다. 정지해 있는 눈송이들. 죽고 싶다. 살고 싶다. 혼자 살고 싶다. 같이 살고 싶다. 혼자 살면 혼자 사는 대로 나빠지고 같이 살면 같이 사는 대로 나빠진다. 그렇다면 차라리. 아니야. 내가 잘 살아야 해. 그런데 어떻게? 정지해 있는 듯한 눈송이들. 누가 쟤네 좀 멈춰봐 씨발.

○

피투성이 된 얼굴. 퉁퉁 부은 얼굴. 아연실색한 얼굴. 폭삭 늙어버린 얼굴. 취기가 오른 얼굴. 얼굴을 밀어내는 얼굴. 얼굴 속으로 무너져내리는 얼굴. 애원하는 얼굴. 반쯤 굳은 얼굴. 웃음을 끌어올린 얼굴. 비열한 얼굴. 더 이상 말할 것도 없다는 얼굴.

○

오늘은 혼자 삼겹살에 소주를 먹고 처음 가는 바에 가고 처음 만난 사람이랑 잤다. 모르는 사람이랑 밤을 보내기란 참 쉽구나. 너무 쉬워서 어이가 없을 만큼. 몸은 하나인데 정신이 여러 개로 분리되는 느낌. 몸이 점점 작아진다. 사건은 기억나지 않고 몇몇 장면만 떠오른다.

○

언제 이곳을 떠나야 할까?
이렇게 말하니 꼭 여행 온 것 같네.

차례

모든 미래의 나는
모든 과거의 나를 사랑할 것이다

*

아주

긴 잠을 잔 것

같았는데

겨우

다음 날

아침이었다

* 저 괜찮은데요?

상담 선생님은 첫 기억을 물었다. 그러니까 내가 간직한 가장 오래된 기억을. 나는 아기였을 때 엄마가 호랑이 등에 태우려 해서 자지러지게 울었던 것을 말했다. 다 큰 후에야 알았다. 그건 지리산 어딘가에 세워진 가짜 호랑이였다. 다음 기억은, 어느 광장. 나는 유아차에 앉아 있었고 사람들이 오가고 있었는데 엄마가 사라졌다. 그때의 옅은 황사 냄새와 불안과 공포의 감각이 생생하다. 엄마는 내 사진을 찍기 위해 잠깐 떨어진 것이었다. 물론 두 살 무렵의 나는 그 사실을 알 리 없었다. 선생님은 첫 기억에 대한 감정이 정서의 근간으로 발달했을 가능성이 높다고 했다. 가장 주요하게 인식하는 감정일 거라고.

그렇다면, 다른 모든 것에 대한 첫 기억도 마찬가지

이지 않을까. 책에 대한 첫 기억, 글쓰기에 대한 첫 기억, 사랑에 대한 첫 기억도. 네 번째 상담을 마치고 돌아오는 버스에서 나는 내 삶을 구성하는 굵직한 요소들의 첫 감정을 떠올려보았다. 스무 살, 홀로 상경하고 새로 사귄 사람들 틈에서 외로울 때 책을 읽었고, 불안과 우울을 해소하기 위해 글을 썼고, 혼자가 지겨울 때 애인을 사귀었다. 그리고 이 모든 행위의 연료이자 윤활제로 술이 있었다. 술은 고장 난 보조 바퀴처럼 아슬아슬하게 나를 지탱하면서 예상치 못한 방향으로 데려갔다.

그곳은 내가 운영하는 공간 '문학살롱 초고'였다. 책과 술이 있는 초고에서 자연스럽게 시인들과 술을 자주 마셨다. 혹여나 실수라도 할까 봐 업계 사람들과의 술자리를 경계하는 편인데도 왜인지 시인들과는 취기를 빌려 우정의 영역으로 어물쩍 넘어가 버리고 만다. 시인이란 족속들은 아무래도 시 오타쿠인 것 같다. 나는 시를 좋아하는 시인을 본 적이 없다. 시를 증오하거나 애원하거나 집착하거나 아무튼 시에 대해 사랑에서 파생된 감정을 가진 듯하다. 분명 '일 얘기 하지 맙시다' 하고 한담을 나누다가도, 취하면 누구 시가 좋다느니 하며 끝내 아끼는 시를 낭독한다. 그들이 시를 읽기 시작하면 나는 스르륵 녹색 소파에 누워 한쪽 귀를 열고 반쯤 잠든다. 그러다 어느 만취한 날에, 등 떠밀렸는지 어쨌는지(기억에 없다) 오랫동안 흠모해온 시인의 시 수업을 등록했다. 그것은 내가 술 마시고 한 가장 작은 실수였다.

취중에 벌어진 일들을 돌이켜보면 나는 술에 약하진 않으나 취약하다. 아니, 사람에게 취약하다. 그러니까 나는 누군가 술을 빌미로 등 떠밀면 등 떠밀리는 사람. 마감 시간 맞춰 "연지야 술 한잔할래?" 하면 한 잔이 뭐야 광어 반 우럭 반에 소주 세 병 까고 노래방 가서 익스의 〈잘 부탁드립니다〉를 끼 부리면서 부르고 마무리로 순댓국까지 조져버리는 사람. 알딸딸하게 취기 오른 한강에서 "뽀뽀하고 싶어요" 하고 예쁜 애가 빤히 쳐다보면 뽀뽀가 뭐야 연애하고 동성결혼 합법화 운동하고 너 반 내 반 닮은 아기 입양하고 그 애의 하얗게 센 머리까지 상상해버리는 사람. 술에 있어서 도무지 보호막이 없는 사람. 혹은, 사람 사이 보호막이 없는 사람.

그러니까 술은 둘이 마시면 채워주고 여럿이 마시면 띄워주는 것. 울퉁불퉁한 감정을 매끈하게 다듬어주는 것. 나를 집어 삼킬 법한 감정들을 맵고 단 안줏거리로 만들어주는 것. 축축한 이야기는 촉촉하게, 열띤 이야기는 건조하게, 분위기의 수분을 조절해주는 것. 물론 여

* 아주 긴 잠을 잔 것 같았는데 겨우 다음 날 아침이었다

기까지는 술을 적당히 마셨을 때의 이야기고. 언젠가부터 나는 뇌에 주름 잡고 해야 할 일의 대부분을 술에 맡겼던 나머지 바보가 된 것 같았다. 사람들과 결을 맞추는 일을, 아무렇지 않은 '아무 일'의 원인을 꼼꼼히 따져보는 일을, 홀로 감정을 다듬는 일을 스르륵 알코올과 함께 증발시켰다.

스물여덟, 30만 원 내고 받은 정신과 검사에서 경미한 알코올 중독 진단을 받았다. 우울증과 불안장애, 적응장애, 경계성 인격장애도. 가시화된 병명은 안도감과 막막함을 동시에 안겨주었다. 내가 온전치 않다는 걸 검사지로 확인하니 가려운 곳을 긁은 것처럼 시원했다. 그러나 어떤 병명도 알맞게 느껴지지 않았다. 종종 우울하죠. 가끔 불안하고요. 삶의 변화에 적응하기도 쉽지 않은 일이고요. 그런데 다른 사람도 마찬가지 아닌가요? 경계성 인격장애? 그건 뭐죠? 내가 '기분' 혹은 '감정'이라고 느꼈던 것들이 병이라니. 받아들여지지 않았다. 그저 술을 좀 줄여야 한다는 위험 신호 정도로 여겼다.

지금도 그렇지만 당시 나는 약이 없으면 아예 잠을 못 잘 정도로 불면증이 심했는데, 술과 수면제의 시너지 작용은 정말이지 지랄 발광이었다. 스스로 일어설 힘이 없는 상태에서는 술도, 약도 의지만으로 끊을 수 없는 것이었다. 술을 마시고 약을 먹으니 술 없이는 약 효과를 볼 수 없었고, 처방 수면제의 용량은 늘어났다. 그러나 술은 끊을 수 없고. 약 효과가 안 느껴질 땐 술을 더 마시고. 수면제는 더 강해지고. 반복. 또 반복. 종국엔 술 마시고 필름 한 번 끊겨본 적 없던 내가 수면제를 먹고 잠들기 전 기억하지 못할 행동들을 하기 시작했다. 자다가 냉장고를 뒤져 반찬을 주섬주섬 집어 먹는다거나, 편의점에 가서 단 과자들을 쓸어온다거나, 커터칼을 산다거나….

잠들기 직전 자살 충동이 드는 날이 잦았고 심했던 날엔 손목에서 가장 또렷이 보이는 핏줄을 이 악물고 그었다. 몇 번이고 그었다. 바닥에 피가 줄줄 고였지만 이 정도론 죽지 않을 것 같았다. 119에 전화했다. 저… 손목을 그었는데 피가 안 멈춰요. 너무 아파요. 방역복을 입은 구급 대원들이 곧바로 도착했고 손목에 붕대를 감아줬다. 이건 저희가 가져갈게요. 커터칼을 비롯하여 부엌의 식칼들까지 압수당했다. 코로나로 응급실이 가득 차 병원 몇 군데를 돌았다. 앰뷸런스 안에서 지혈을 위해 손목을 붙들고 있던 구급 대원은 딱 한마디 했다. 많이 힘들었지요. 나는 계속 울 뿐이었다. 응급실에서 나는 자해 환자로 분류되었다. 자해라니. 내가 뭘 한 거지. 긋는 것보다 꿰매는 게 더 아팠다. 너무 많이 울어서 그날은 약 없이도 잘 잤다.

그게 끝일 줄 알았다. 나는 뭐든 끝까지 가야 직성이 풀리니까, 손목 긋고 응급실까지 갔으면 충분할 줄 알았다. 그러나 한겨울로 접어들며 상태는 더 안 좋아졌다. 불면증과 우울증으로부터 벗어날 길이 없어 보였다. 정신과 약을 먹을 때마다 이걸 언제까지 먹어야 하나 생각하면 숨이 막혔다. 낮 동안 약 기운으로 제정신을 붙들고 일하다가 밤이 되면 어플로 낯선 사람을 만나 밤을 보냈다. 그러고 집에 돌아오면 죽고 싶은 마음뿐이었다. 일을 쉬는 것도 고려해보았지만 넘쳐나는 시간을 감당할 자신이 없었다. 어느 밤에는 이제는 제발 모든 걸 끝내고 싶다고 기도하고 처방받은 수면제를 모조리 먹어 치웠다.

아침에 눈을 뜨니 엄마와 경찰과 119 구급 대원들이 나를 깨워 흔들고 있었다. 아주 긴 잠을 잔 것 같았는데 겨우 다음 날 아침이었다. 엄마는 눈물을 뚝뚝 흘리고 경찰은 내 방 사진을 찍고 구급 대원들은 이런저런 질문을 했는데 잘 들리지 않았다. 엄마한테 전화를 건 기억은 없는데. 내가 엄마한테 사랑한다고 잘 자라고 말했다고 한다. 엄마는 엄마라서, 바로 알아들었나 보다.

밤을 꼴딱 새우고 새벽 첫차를 타고 포항에서 서울까지 달려왔다고 한다. 엄마 얼굴을 보니 지난밤의 기억이 확 떠올랐다. 술은 안 마셨는데. 한 알을 먹어도 잠이 안 와서, 또 한 알, 또 한 알, 그러다 보니… 엄마 나 진짜 죽으려던 거 아니었어. 실수야. 진짜야. 실수야. 진짜로. 그런데 무엇이 실수였단 말이지. 어디서부터.

엄마 손을 잡고 정신과에 갔다. 나의 정병(정신병) 친구들은 원장님을 미스터 스마일이라고 부르는데 선생님은 엄마의 이야기를 듣고 스마일을 거두셨다. 나는 정말 실수였다고 말했다. 저 괜찮은데요? 푹 자고 일어난 것 같아요. 술도 안 마실게요. 당분간은 일도 쉴게요… 선생님은 심각한 표정으로 말했다. 연지 씨 무덤덤한 거 보이시죠? 이런 사람들이 진짜 위험해요. 자기가 얼마나 힘든 줄 몰라요. 괜찮다 괜찮다 하다가 회까닥 도는 겁니다. 입원해야 해요. 자신을 컨트롤하지 못하잖아요. 일반병동보다 보호병동을 권합니다.

네? 보호병동이요?

폐쇄병동이요.

선생님은 위세척할 겸 응급실에 가면 바로 대학병원

에 입원할 수 있을 거라며 소견서를 써주셨다. 초고는 어떡하지 엄마? 등짝을 세차게 얻어맞고 응급실로 향하는 택시에 올라탔다.

○

"어린 시절에 애틋한 기억이 있나요?"

유년기를 생각하면 행복한 기억만 삭 긁어서 삭제한 것 같다. 죽음에 대해 내가 기억하는 첫 장면은, 잠들기 전 엄마 아빠가 죽는 상상을 했고, 그것이 반드시 겪을 미래라는 게 너무나 슬펐고, 거실로 뛰쳐나가 엄마를 붙잡고 제발 나보다 먼저 죽지 말라고 엉엉 울었다는 것이다. 그날 엄마와 아빠 사이에 낑겨 자며 저승사자에게 기도했다. 사랑하는 사람들보다 내가 먼저 죽게 해달라고.

"유년기는 인생에서 가장 즐겁고 기뻐야 할 시기예요. 제 조카는 자기 손바닥 뒤집는 것도 재밌어 해요. 모든 게 신기하고 자기가 세상의 주인공이라서 죽음 같은 건 생각할 새도 없어야 해요. 연지 씨가 어쩌다 유독 상실감을 두려워하게 되었는지 다음 만남 때까지 생각해봅시다."

* 응급실에서

응급실 침대에 누운 채로 지금 나에게 일어나고 있는 일들을 눈으로 좇았다. 왼손에는 링거줄이, 아래에는 소변줄이 달려 있다. 방울이 천천히 떨어져 팔뚝으로 들어온다. 팩에 든 수액이 온몸의 혈관을 돌고서 소변으로 빠져나가려면 하루로 충분치 않을 것 같다. 엄마는 입원에 필요한 물품들을 챙기러 가느라 잠시 자리를 비웠다. 좆 됐다. 이대로 폐쇄병동으로 들어간다고? 하얗고 멍한 사람들이 결박된 그곳? 나는 아니야. 그 정도는 아니라고!

어떡하면 입원을 면할 수 있을까 머리를 세차게 굴리고 있을 때, 정신과 교수님이 오셨다. 커튼을 치니 침대는 순식간에 취조실이 되었다. 선생님은 낮은 목소리로 최근 일어났던 일들에 대해 얘기해보라 했다. 언제부터 내가 정신줄을 놓기 시작했더라. 코로나로 지속된 영업난. 일과 일상을 함께했던 애인과의 잦은 이별. 완전히 관계를 끝내기로 한 후 혼자 지내는 내가 불안해 자기 가족과 함께 지내게 했던 초겨울. 밤마다 손을 잡고 기도해주고 우유를 끓여주었던 애인의 동생. 이유 모를 반발심. 언젠가부터 집에 잘 들어오지 않던 애인. 이유 모를 방황. 객식구처럼 집과 일터를 드나들며 나를 챙겨주던 친구. 이유 모를 소외감. 그들로부터 벗어나기 위한 낯선 만남들. 거짓말. 불화. 오해. 자해.

"그들이 나를 얼마나 사랑하고 걱정하는지 알았지만요. 도망가고 싶었어요. 그런데 그럴 수 없었어요. 진짜 내가 나를 죽여버릴까 봐요. 무서워서 계속 그 집에 있었어요. 미쳐버릴 것 같았어요. 저는 더 이상 애인도 친구도 아니고 환자였어요. 모두 저를 돌보기 위한 일이었겠지만… 연민으로 느껴졌어요. 그냥 모든 걸 끝내고 싶었어요. 그러다가 여기까지 왔네요. 내가 다 망쳤어요."

고작 하루가 지났을 뿐인데, 지난 일들이 한 덩어리로 느껴졌다. 그것으로부터 분리되고 나서야 묻어뒀던 감정을 들여다볼 수 있었다. 나는 고통스러웠다. 무엇이 고통인지도 모르면서. 자해는 눈에 보이지 않는 고통을 해소하고 싶은 욕구라고 교수님은 말했다.

"이대로 방치하면 앞으로는 자해의 강도가 더 세질 겁니다. 그러다 정말 죽을 수도 있어요. 많은 사람이 그렇게 떠나요. 그래서 전문적이고 집중적인 치료가 필요한 거예요."

일단 친구들을 위해서라도 입원해야겠다고 결심했다. 우리는 서로를 방관하기에 너무 가까이에 살았다. 우정과 사랑, 욕심과 욕구가 분간할 수 없을 정도로 뒤엉켜서 어찌해야 할 줄 몰랐다. 그런 채로 서로를 조금씩 망가뜨려왔다. 누구도 누구를 구하지 못했다. 나를 그들로부터 격리하는 게 최선의 방법이라고 판단했다.

입원을 결정하고, 병동에 대한 설명을 들었다. 이 대학병원의 정신병동은 보호병동과 개방병동으로 나뉘어 있다. 보호병동은 외출이 불가하고 외부와의 통신이 일체 차단된다. 환자의 상태가 나아지면 의료진의 동의하에 공중전화를 사용할 수 있고, 일주일에 한 시간씩 가족과 면회가 가능하다. 개방병동은 일상생활로 돌아가기 전에 외부와 조금씩 접촉하며 치료하는 곳이다. 자살 사고로 입원한 경우에는 보호자가 24시간 붙어 있어야 하므로 나의 경우는 개방병동으로의 이동은 의미가 없다. 자의 입원과 동의 입원 중에서 선택할 수 있었다. 자의 입원은 환자가 원할 때 언제든 퇴원할 수 있고, 동의 입원은 보호자와 주치의의 동의가 있어야 퇴원할 수 있다. 그러나 동의 입원이라도 환자가 치료 포기를 선택할 경우 누구의 동의 없이도 가능하다. 엄마와 나는 최소 2주에서 한 달을 치료 기간으로 잡고 보호병동 동의 입원 서류에 서명했다. 교수님은 마지막으로 궁금한 것이 없냐고 물어보셨다. 나는 아까부터 계속 목울대를 근질이던 질문을 했다.

"저… 폐쇄병동이면 담배 못 피우는 거죠?"

"네, 당연하죠."

소변줄을 뽑자마자 담배를 피우고 왔다.

어느덧 저녁이 되었고 엄마와 나는 침착하게 초고를 어떻게 운영할지 의논했다. 물론 운영을 멈추는 게 가장 좋은 선택이겠지만 그러면 하나 남은 직원의 수입이 끊긴다. 우리는 직원의 판단에 따르기로 했다.

"영서 님… 놀라지 말고 들어요. 제가 폐쇄병동에 입원하게 되었어요."

"네? 괜찮아요? 무슨 일이에요!"

상황을 듣고 영서는 거의 울기 직전이었다.

"입원 기간 동안 초고 닫아도 괜찮은데요. 정말 괜찮

거든요? 근데 영서 님이 맡아서 운영할 수 있다면 그렇게 해도 좋아요. 정말 편히 말해주세요."

"제가 어떻게든 해볼게요."

"고마워요. 그러면 제가 운영을 도와줄 친구들을 좀 찾아볼게요."

가장 오래된 친구 연수에게 전화했다. 연수와 나는 초중고 시절을 함께 보냈다. 나의 모든 일을 알고 있었고, (지금은 망한) 초고 2호점의 매니저로 근무한 이력이 있었다.

"연수야, 내가 폐쇄병동에 입원하게 되었는데… 영서 님 도와서 일 좀 거들어줄래? 우리 집에서 지내면서 고양이들도 돌봐주면 좋겠어. 미안해. 부탁할게."

연수는 말을 잘 잇지 못했다. 내가 죽으면 자기도 따라 죽을 거라고 했다. 나는 절대 죽지 않을 거고 잘 치료받고 나오겠다고 약속했다. 다음으로 정신병동 입원 경험이 있는 전 직원 윤희에게 전화했다.

"저 윤희 님… 어쩌다 보니 저도 폐쇄병동에 입원하게 되었는데요."

윤희는 주말마다 일을 도와주기로 했다. 그리고 엄마를 대신해 입원생활 틈틈이 필요한 물품들을 조달해주기로 했다. 마지막으로 업계 동료이자 친구인 호수에게 전화했다. 바로 다음 주에 있을 낭독회를 철회할 순 없었다.

"호수야, 있잖아…"

그는 출판사 관계자와 연락하며 행사를 진행하겠다고 했다.

"연지야. 그냥 수도원에 있다고 생각해. 잘 먹고 잘 자고 잘 쉬고 건강하게 다시 보는 거야."

모든 이들의 연락처를 엄마에게 넘겨주었다.

그리고 가장 보고 싶은 사람을 떠올렸다. 그에게 전화할 수는 없었다. 엄마를 통해 이 소동을 듣고 카톡과 전화에서 내 번호를 차단했기 때문이다. 다행이라고 생각했다. 그저 미안할 뿐이었다. 건강해지더라도 그를 다시 보지 못하리란 걸 알았다. 이 일이 그에게 트라우마가 될까 봐 두려웠다.

코로나 상황으로 인해 바로 병동으로 갈 수는 없었고, PCR 검사 결과가 나오는 아침까지 응급실에서 시간을 보내야 했다. 엄마와 나는 마침내 조금 웃었다. 이야기를 나누다 보니 빠르게 새벽이 되었다. 간절하게 자고 싶었지만, 몸에서 채 나가지 않은 수면제 때문에 약물 복용이 금지되었다. 새벽 5시가 되었을 즈음엔 정신이 혼미했다.

"엄마, 나 도저히 못 견디겠어. 그냥 입원 안 할래."

엄마는 주머니에서 수면제 한 알을 내밀었다. 혹시 몰라 집에서 몰래 챙겨왔다며.

"너 잠 드는 거 힘들어 하는 거 알지. 수능 전날도 울면서 엄마 품에서 잠들었잖아. 이거 한 알 더 먹는다고 죽기야 하겠어? 일단 좀 자자."

그제야 꾹꾹 참았던 눈물이 터져 나왔다. 수능 전날과 같이 엄마 손을 잡고 잠들었다.

눈을 뜨니 뻔하게도, 새하얀 천장이 보였다. 병실 통유리창으로 햇살이 환히 들어오고 있었다.

"어. 처음 보는 사람이네?"

머리를 박박 깎은 여자애가 나를 내려다보고 웃었다.

"그러게. 처음 보는 사람이네."

단발머리의 아주머니가 다가오며 말했다. 나는 어색하게 웃어 보였다. 그들은 내 머리통 너머를 유심히 보았다.

"스물여덟이구나. 나는 진이 또래인 줄 알았네."

아주머니가 말했다. 따뜻한 말씨였다.

"언니, 내가 제일 좋아하는 웹툰 주인공 닮았다. 이름이 나노인데! 검색해서 보여줄 수 없는 게 아쉽네. 나는 언니 나노라고 부를게요. 아, 그리고 나 바이섹슈얼이야."

"어? 그래요? 나도. 하하."

"반가워요, 나노 언니."

내 인생 가장 빠른 커밍아웃이었다. 아. 여기에서는 어차피 모두 서로 신원을 모르는구나. 겉치레 따위 상관할 바가 아니구나. 나는 처음으로 몇 학년, 몇 학번, 어디 사장, 뭐를 쓰는 작가 김연지가 아닌, 오롯이, 정신병자 김연지가 되었다. 어처구니없이 기뻐서 실실 웃음이 나왔다. 내 병동생활은 그렇게 퀴어프렌들리한 환대를 받으며 시작되었다.

○

"언젠가부터 대안 가족이라는 말에 끌렸어요. 딱히 가정에 불화가 있진 않았는데. 1년 동안 여행했을 때, 잘 맞는 사람들을 만나서 그들과 먹고 자고 생활하던 때가 제일 행복했어요. 좀 더 함께 있고 싶어서 티켓을 찢은 적도 많고요. 우리 진짜 가족 같다. 누가 그러면, 같은 지붕 아래서 같이 밥 먹는 게 식구래. 누가 그러고. 식구라는 말 참 좋더라고요. 저는 매번 마지막으로 배웅하는 사람은 못 되었어요. 제일 먼저 떠나면서 제일 많이 우는 사람이었어요. 한 사람 한 사람 배웅하면 이별이 여러 번인 거고, 내가 먼저 떠나면 이별은 한 번이니까."

"그래서 연지 씨에게 그 친구들이 특별했군요. 같이 먹고 자고 일하고. 여행이 아닌 일상에서 그런 공동체 경험은 처음인 거죠?"

"네."

* 잘 부탁드립니다

병실은 가장 높은 층에 있었다. 유리창 밖으로는 병원 내 공원이 보이고, 간간이 환자복을 입은 사람들이 오갔다. 창문은 활짝 열리지 않았다. 팔 하나를 겨우 비집어 넣을 수 있을 정도였다. 여자 병실에는 침대가 다섯 개 있었다. 내 자리는 정중앙이었다. 왼쪽에는 '진이'의 침대가, 오른쪽에는 '백설이'의 침대가 있었다. 백설이는 진이가 붙여준 별명이다. 긴 생머리에, 하얗고 가는 팔로 대부분의 시간 동안 병상 책상에서 그림을 그린다. 색연필이 필요할 때 말고는 거의 말하지 않는다. 이곳에서는 필기구를 한 번에 여러 개 소지할 수 없다. 흉기가 될 수 있으니까. 필요할 때마다 필기구를 요청하고, 약속한 시각에 반납해야 한다. 간호사 선생님께 색연필을 부탁할 때마다 애교스러운 말투로 설핏 웃어 보이는데, 그럴 때마다 움푹 파이는 보조개가 귀여웠다. 백설이는 스물두 살이다. "나는 여기 한 달 동안 있으면서, 예쁜 언니들을 많이 봐서 좋아요. 나노 언니 들어오기 전에 있었던 언니도 진짜 예뻤는데. 필라테스 강사여서 아침마다 사람들 모아놓고 운동시켰어요." 그렇게 말하는 진이는 스물한 살. 진이가 개로 태어났다면 비글, 고양이로 태어났으면 치즈냥이였을 테다. 사람을 보면 말 걸지 않고는 못 배기는 것 같다. 목소리도 크고 웃음소리도 시원해서 진이가 수다 떨 때는 온 병동이 진동한다. 병동이라 해봤자 공용 거실과 여자 병실, 남자 병실, 면담실, 화장실, 간호사실이 전부이지만. 진이가 이끄는 대로 다른 환자들과도 인사를 나눴다.

먼저, 맞은편 침대를 쓰는 미연 언니와 은주 언니. 두 분 다 자녀가 있는 50대 여성이지만 다들 언니 혹은 누나라고 부른다. 진이와 제일 친한 친구는 '석이'고, 스물다섯 살이다. 집안 환경이나 학업 스트레스 등 진이와 공통분모가 많아 말이 잘 통한다고 한다. 석이를 졸졸 따라다니는 남자아이는 '원이'. 초등학생처럼 보이는 중학생이다. 의대생인 석이는 원이에게 수학을 가르쳐준다. 종종 입시 상담을 해주기도 한다. 원이는 형처럼 의대에 들어가고 싶다고 하지만 석이는 극구 말린다. 그리고 콧수염 아저씨. 본명은 모름. 콧수염 아저씨는 이 곳의 반장 같은 역할을 스스로에게 부여한 듯하다. 매번 식사 시간을 알려주고, 아재 농담을 구사하며, 사람들을 잘 챙긴다. 이들을 소개해준 진이에게 혹시 ENFP냐고 물었다. 그는 INFP였다. 나도 인프피라서 단번에 알았다. 진이는 노력하고 있구나. "똑똑, 식사시간입니다." 콧수염 아저씨가 병실 미닫이문을 힘차게 열었다.

작업치료실이라 불리는 거실의 커다란 책상에 환자들이 둘러앉았다. 다른 병동에서는 각자 침상에서 따로 밥을 먹는데 정신병동은 환자들의 사회성을 기르기 위해 함께 먹는다고 한다. 그런데 이들은 사회성 훈련 따위는 필요 없어 보였다. 분명 닥터 스마일은 병동에서 내가 제일 멀쩡할 거라 했는데. 뭐야. 다들 왜 여기 갇혀 있어요?

"어머, 오늘은 두부조림이 나왔네. 진아, 네가 좋아하는 두부 반찬이야. 오늘은 나 아몬드 먹을 수 있으려나." 미연 언니가 말하고,

"내가 여러 군데 입원해봤는데, 여기 음식이 젤 맛있어요. 밖에서 먹는 것보다 나을걸?" 은주 언니가 말했다.

"티비 채널 고를 사람? 아, 또 아무도 없어. 이거 은근 부담이란 말야." 콧수염 아저씨가 툴툴거렸다.

졸업 이후로 식판은 처음이었다. 약 기운이 남아 있는지 손이 덜덜 떨려서 얼굴을 식판 가까이 가져다 대고 국을 떠먹어야 했다. 그래도 밖에서는 속이 답답해서 끼니를 거르기 일쑤였는데, 밥이 잘 들어갔다. 식사가 한참인 와중, 환자들의 식사량을 기록하던 보호사에게 진이가 말을 걸었다. 오늘은 꼭 다 먹을 거니까 그만 쳐다봐도 된다고. 진이는 그를 성시경 오빠라고 불렀다. 성시경처럼 노래를 잘 불러서 성시경 오빠라고. 응? 노래를 부른다고? 여기서?

"아. 언니 오늘 처음 들어왔으니까, 우리 노래방 할 거예요."

"노래방이요?"

"노래방 기계가 있거든요."

식사가 끝나고 진이는 간호사실에서 아몬드 과자가 담긴 봉지를 받아왔다. 그것을 종이컵에 조금씩 담아 사람들에게 나누어주었다. 허니버터 맛, 와사비 맛, 치즈 맛, 다양하게도 있었다. 그런데 진이는 사람들을 흐뭇한 표정으로 바라보기만 할뿐 자기 몫이 없었다.

"진이는 안 먹어요?"

"저는 간식 못 먹어요. 거식증이랑 폭식증 때문에 입원한 거라. 대신 사람들한테 나눠주는 건 교수님한테 허락받았어요."

어쩐지 밥 먹는 내내 표정이 어두워 보이더라니. 진이는 사람들에게 아몬드를 나눠주고 싶어 밥을 꾸역꾸역 먹은 것이었다. 나도 그런 적 있는데. 추석 때였나. 고향에 내려갈 여유도, 밥을 차려 먹을 기운도 없었지만 이웃 사는 친구에게 추석 상을 차려주고 싶어서 잡채와 두부전을 만든 적이 있다. 배드민턴을 치고 싶어 하는 친구 때문에 억지로 밖에 나갔다가 가을 저녁을 만끽했던 날도 있었지. 남을 사랑하는 마음을 조금 떼어 나에게 나눠주는 식으로 하루하루를 건사하던 날들이었다.

"그래도 애써서 밥 다 먹었잖아요. 아몬드 정도는 먹어도 되는 거 아니야?"

"간식 먹으면 계속 먹고 싶어져서 폭식으로 이어져요."

"그렇구나…"

"근데 언니, 나 한 알만."

진이는 CCTV를 등지고 서서 입꼬리를 축 늘어뜨려 보였다. 나는 아몬드 한 알을 휴지에 싸 책 사이에 끼워 건넸다. 진이는 그걸 들고 화장실로 갔다. 병실로 돌아온 그는 꽤나 만족스러워 보였다.

"저 책 재밌죠?"

우리는 찡긋 윙크를 주고받았다.

교수님과 전공의 선생님들이 우르르 회진을 돌고 나가자, 환자들은 하나둘씩 거실로 모여들었다. 그곳엔 덩그러니 노래방 기계가 놓여 있었다. 심지어 금영. 리모컨도 진짜 노래방의 그것이었다.

"이틀 전에도 했으니까, 오늘은 딱 두 시간만이에요."

보호사가 진이에게 리모컨을 주며 말했다. 그의 표정으로 말미암아 형식적인 멘트 같았다. 제한 시간 없는 노래방은 처음이었다. 그리고 또 없는 게 있었다. 취기였다. 진이는 익숙한 듯 번호를 찍었다. 여자와 돈과 음악을 미워하고 사랑하는 내용의 랩을 했다. 그런데 너무 잘해서 깜짝 놀랐다. 은주 언니와 미연 언니는 역시 진이가 분위기메이커라며 손뼉을 쳤다. 막내 원이가 안경을 벗고 엇박자로 리듬을 타는 걸 보며 나도 뭔가 해야 한다는 사명감이 벅차올랐지만 아무래도 맨정신에 노래를 부르는 건 영 아니었다.

다음은 석이 차례. 그는 박명수의 〈바다의 왕자〉를 불렀다. 그 노래를 진짜 부르는 사람은 처음 봤다.

"나는야 바다의 왕자! 당신은 해변의 여자!"

평소라면 머릿속으로 대체 이 노래는 왜 이렇게까지 자아도취적이고 백마 탄 왕자 서사를 답습할까 궁시렁댔겠지만,

"하지만 너 없이 난 해변의 환자아아~"

이 노래는 그냥 사랑 노래고 우리는 모두 환자였다. 나는 석이가 마음에 들었다. 그저 그의 사랑이 무사하길 바랐다.

석이의 노래가 끝나자 모두가 나를 기대 가득한 눈빛으로 쳐다봤다. 입시 면접을 볼 때보다 긴장됐다. 술 없이 노래 부른 적이 없기 때문이다. 애매하게 발라드를 부를 바에 차라리 만취했을 때 부르는 노래를 하기로 했다. 익스의 〈잘 부탁드립니다〉. 익숙한 반주가 들려왔다. 심장이 요동쳤다. 이 리듬에는 몸이 기억하는 자세가 있었다. 자리를 박차고 일어났다.

"안녕하쉐에여! 적당히 바람이 시원한 게 기분이 너무 좋아요! 유후~"

손 키스를 날렸다. 사람들은 끅끅 웃다가 슬며시 일어나 몸을 흔들었다. 열창하는 와중 간호사 선생님들도 모였다. 보호사는 탬버린을 쳤다.

"울어도 되나요~ 가끔은 혼자 펑펑 울고 털고 싶어요! 히이잉. 이젠 괜찮나요! 따아아악! 한 잔만 더 할게

요!"

노래는 거의 막바지. 오른팔을 뻗고 왼 다리를 뒤로 빼며 관중을 향해 고개를 숙였다.

"잘 부탁드립니다아아아아아아아아아악!"

후로 애절한 발라드와 이름 모를 팝송과 동요와 민요가 이어졌다. 치료를 받느라 한 명씩 돌아가며 자리를 비우는 와중에도 노래방은 계속되었다. 줄어드는 시간이 없으니 영원히 노래하고 춤출 수 있을 것만 같았고 오래전부터 이 사람들과 함께 지내온 듯했다. 나는 호시절을 감지하는 탁월한 능력이 있었기에, 언젠가 이 순간을 글로 쓰고 있으리라는 걸 알았다. 호시절에는 다른 호시절을 그리워하지 않으니 병동에서의 노래방은 분명 호시절이었다.

○

휴대폰을 끄고 한강 쪽으로 걸었다. 마음이 홀가분했다. 날씨도 별로 춥지 않았다. 좋은 날에 걷는 밤 산책 같았다. 둔치에 잠깐 앉았다. 사랑하는 사람들의 얼굴들을 떠올렸다. 좋은 마음이 들었다. 그들이 잘 살기를 바랐다. 계단을 올라 대교의 가운데까지 걸었다. 차는 거의 없었다. 망설이면 끝장이야. 뺨에 차가운 게 닿았다. 눈이 오네. 점점 많이 왔다. 눈 내리는 걸 한참 보다가,
내가 왜 여기에 있지?
생각했다. 이제 집에 가자. 그런 목소리가 들리는 것 같았다. 울면서 집에 돌아왔다. 아연실색한 얼굴들. 그때 죽었어야 했는데. 망할 눈 때문에.

* 말리는 사람은 살 수 있어

첫인상과는 다르게 콧수염 아저씨는 끝까지 노래방 마이크를 잡지 않았다. 한참의 잔치가 끝날 때쯤 거실로 나와 심각한 표정으로 말했다.

"이번 작업은 시간이 좀 오래 걸리네."

"무슨 작업이요?"

"그림 그려요."

그러고 보니 침상 옆 사물함 위에 모두 같은 컵이 놓여 있었다. 아기자기한 그림이 그려진 라지 사이즈 종이컵. 그림체가 정교해서 원래 프린트된 상품인 줄 알았는데 알고 보니 모두 콧수염 아저씨가 그린 것이었다. 그는 사람들의 이야기를 듣고 그림을 그려 선물한다고 했다. 등산을 좋아하는 미연 언니 컵에는 꽃밭이, 진이의 컵에는 여러 만화 캐릭터들이, 은주 언니의 컵에는 여러 표정의 아이들이 그려져 있었다. 콧수염 아저씨는 내게도 그림을 그려주고 싶다고 했다.

"연지 씨는 무슨 생각을 제일 많이 해요?"

"제가 운영하는 공간이요. 이름이 초고예요. 여기 오는 바람에 직원분 혼자 운영 중이에요. 통화 허락받으려면 일주일은 걸릴 텐데 너무 걱정돼요."

그는 초고가 어떤 곳인지, 어떤 조명을 사용하는지, 어떤 색감의 분위기인지 등 세세하게 물었다. 나는 초고에 대해 얘기하면서 생각했다. 여기서는 굳이 나를 드러낼 필요가 없는데. 아무거나 막 지어내 말해도 확인할 방도가 없는데. 내가 비행기 조종사라고 해도, 초등학교 선생님이라고 해도, 그는 믿어줄 텐데. 그런데도 나는 초고를 생각하며 그곳이 아주 따뜻한 곳이라고, 책을 사랑하고 글을 쓰는 사람들이 모이는 곳이라고, 안전하고 아늑한 공간이라고 말했다. 코로나로 운영난을 겪으며 초고가 짐처럼 느껴졌는데 새삼 내가 그곳을 참 사랑한다는 걸 깨달았다. 콧수염 아저씨는 그림이 완성될 때까지 이틀 정도 걸릴 것이라 했다.

병원생활은 단조로웠다. 처음 며칠 동안은. 새벽 6시에 일어나 혈압을 재고 밥을 먹는다. 식사가 끝나면 간호사 선생님께서 약이 담긴 카트를 밀고 병실로 오신다. 모이를 주는 어미 새처럼 환자들의 입속에 약을 직접 넣어주고 물을 먹인다. 그러면 우리는 혀 아래를 보여주며 약을 삼켰음을 증명한다. 후로는 자유시간이다. 약간의 불편이 있기는 하다. 화장실 문을 잠글 수 없으며, 정해진 시간에만 샤워를 할 수 있고, 머리 고무줄이나 마스크처럼 끈이 들어간 일회용품은 하루에 하나씩만 받을 수 있다. 여간해선 자신도 타인도 해칠 방법이 없는 것이다. 커피나 초콜릿처럼 카페인이 들어간 음식은 오전 11시 전까지만 먹을 수 있다.

바스락거리는 새하얀 침대에서, 병실 깊숙이 들어오는 햇살을 느끼며 믹스커피를 홀짝이는 시간을 나는 가장 좋아했다. 진이는 문제집을 풀고, 백설이는 그림을 그리고, 미연 언니는 스트레칭과 명상을 하고, 은주 언니는 가만히 누워 링거를 맞고, 나는 책을 읽는 오전 일과. 책장을 넘기거나 펜이 종이에 부딪히는 소리뿐. 그러다 한 명씩 주치의를 만나고 오거나 상담 치료를 받고 돌아오면 눈빛을 주고받는다. 괜찮니? 괜찮아요. 아무도 서로의 아픔을 캐내지 않는다. 준비가 되었을 때 말하고, 모두가 귀담아 듣는다. 선생님께 차마 솔직하게 말하지 못했던 나의 감정을, 불안과 우울과 강박을 그들에게는 편하게 얘기할 수 있었다. 병동 불이 꺼지고 주황빛 보조 등만이 어렴풋이 사위를 밝히는 시간에.

"나는 조울증이 심해서 왔어요. 조증일 때는 화가 나고 울증일 때는 눈물이 나요. 나도 왜 그런지 몰랐는데 조울증이 원래 그렇대요. 기분의 고점과 저점의 낙차가 커서 위험하대요. 그런데 여기 와서는 마음이 편안해요."

"나는 딸애의 집착이 너무 심해서 왔어요. 성인인데도 늘 엄마랑 같이 있어야 하고 휴대폰 검사까지 할 정도로 정도가 심했어요. 작년엔 딸을 여기 입원시켰는데, 3일도 못 버티고 나간 거야. 그래서 제가 입원한 거예요. 연락도 안 되고 볼 수도 없으니까 이제는 걔도 진짜 자립해야지. 이참에 나도 좀 쉬고요."

"저랑 반대네요. 나는 엄마 집착이 심해서 스트레스였는데. 여자는 무조건 마르고 예뻐야 한다면서 맨날 몸무게를 체크했어요. 그러다 보니 폭식증이랑 거식증도 오고. 자살 충동도 심하고. 죽고 싶어서 별짓 다 하다가 여기 왔네요."

백설이를 제외한 여자 병실의 이야기다. 콧수염 아저씨는 알코올 중독 때문에 걸을 수도 없는 상태로, 석이는 수면제 두 봉지와 소주를 한 번에 먹고 실려 왔다는 것도 머지않아 알게 되었다. 독대하면 소소한 얘기만 나누는데, 셋 이상 모이면 집단 상담이 시작되었다. 짐을 맞들어줄 사람이 많아서일까. 열심히 말하고 열심히 들었다.

진이와 나는 여자 병실에서 가장 늦게까지 깨어 있는 자들이었다. 들키면 약을 더 먹어야 했기에 간호사가 랜턴을 들고 확인하러 올 때마다 우리는 일부러 쌕쌕 숨소리를 거칠게 냈다.

언니, 자?

아니.

나는 죽고 싶어서 이 짓까지 해봤어.

어, 나도 그거 해봤는데 안 되더라.

내가 제일 보고 싶은 사람은 내 베픈데, 설리 닮았어. 근데 걔는 내가 좋아하는 거 모른다.

어, 나도 그런 친구 있었는데.

진이와 나는 밤을 지새우며 사랑의 시작과 끝에 무엇이 있었는지, 죽고 싶은 마음 끝엔 무엇이 있었는지, 그 다음에는 무엇이 있을지 여러 밤에 걸쳐 이야기했다.

세세한 맥락 없이도 우리는 그냥 이해할 수 있었다. 어느 밤에는 사부작거리는 소리로 한 사람이 더 깨어 있다는 걸 알았다. 백설이였다.

"여기 사람들 진짜 이상해. 자기는 죽으려고 하면서 남은 말려."

내가 말했을 때,

"말리는 사람은 살 수 있어."

백설이가 말했다. 그때 나는 입을 꾹 다물고 주황빛으로 물든 병실 천장을 끔벅끔벅 보는 대신, 이 이야기를 하고 싶었다.

지난여름에는 초고에서 알게 된 친구들과 제주도를 자주 갔어. 아, 정확히 말하자면 함께 간 건 아니야. 화순리에 빈집이 있었고, 그곳에 누군가 가 있으면 한 사람씩 찾아오는 식이었어. 서넛이 모이게 되면 순식간에 여덟 명이 된다. 그게 어떻게 가능하냐 싶겠지만 다들 프리랜서이거나 무직이었으니 불가능할 것도 없지. 그곳에서 뭐 특별히 하는 건 없었어. 각자 책을 읽거나 글을 쓰거나 산책을 하며 시간을 보내다가 어쩌다 모두 집에 모이면 함께 바다로 갔어. 물에 뜨는 연습을 하는 애도 있고 저 혼자 멀리 수평선까지 헤엄치는 애도 있고 그런 애들을 사진 찍는 애도 있고. 바다까지 가서도 함께 노는 법이 없었지. 하루는 새벽까지 술을 진탕 마시다가, 동틀 때쯤 바다를 보러 가기로 했어. 다들 술에 절어가지고 좀비처럼 골목을 걷는데, 누가 말했어.

어! 쌍무지개다!

목이 뻐근해질 때까지 하늘을 봤다. 바다는 가지 않았어. 그냥 집으로 돌아와 뻗어 잤지. 이후로 아무도 그 순간에 대해 이야기하지 않았어. 마치 없었던 일인 것처럼. 어떤 아름다운 순간은, 그저 마음이 통하는 사람들과 편안히 있을 때 우연히 마법처럼 찾아오더라. 그 순간이 너무 소중해져서 함부로 입에 올릴 수도 없게 되더라. 퇴원하면 꼭 같이 바다 보러 가자. 우리에게도 그런 순간이 올 것만 같아. 미래에 점 하나 찍어놓으면, 그날까지 버틸 수 있을 것 같아.

○

하루보다 오래 산 하루살이가

새 이름을 발명하고 있어

* 사랑하는 힘으로 살아갈게

병동의 활기는 진이의 기운이었다. 콧수염 아저씨와 만담을 주고받던 사람도, 석이와 원이에게 잔소리를 하던 사람도, 미연 언니에게 애교 섞인 투정을 부리던 사람도, 나보다 밥숟가락을 느리게 뜨면서 내 식사량은 꼭 챙기던 사람도 진이였다. 진이가 밥을 굶기 시작하면서 병동의 온도는 3도쯤 내려가고 부피는 1.5배쯤 커진 것 같았다. 진이는 이불을 뒤집어쓰고 모든 진료를 거부했다. 진아, 제발. 국이라도 먹자. 언니 소원이야. 애원해도 소용없었고. 너 안 먹으면 나도 안 먹을 거야. 협박해도 소용없었다.

진이의 단식은 전화 통화를 하고서부터 시작되었다. 입원 한 달차라 진이는 언제든 공중전화를 쓸 수 있는데도 누구와도 연락하지 않았다. 일주일에 한 번 면회가 가능한데도 찾아오는 사람은 없었다. 늘 생긋생긋 잘 웃던 진이가 오랜 통화를 끝내고 돌아왔을 때, 다른 사람처럼 생경했다.

"엄마가 나 퇴원하면 바로 들어갈 학원들 알아봐놨대요. 재수하라고."

후로 진이는 밥을 끊었다. 교수님은 진이의 등에다 대고 이러면 입원 기간만 늘어날 뿐 득이 될 게 없다고, 어머니와의 갈등만 커질 뿐이라고 엄포를 놓았다. 의료진이 여러 번 회진을 왔다 돌아가는 모습을 보며 마음이 점점 복잡해졌다. '나라면 어떻게든 진이를 먹일 수 있지 않을까'와 '나라고 그게 가능할까' 사이를 오갔다. 그렇지만 내가 도움을 주고자 하는 게 진이가 원하는 게 아니라면? 나는 어머니와 의료진의 편에 서게 되는 게 아닌가. 진이를 살리고 싶으면서도 그게 진이를 정말 살리는 일이 맞나 의문스러웠다. 밥을 먹지 않는 건 진이의 투쟁이었다.

그날은 내가 첫 통화를 했던 날이기도 하다. 입원 3일 차부터는 가족에 한해 통화를 할 수 있었다. 전화카드를 꽂을 때부터 심장이 조였다. 엄마의 번호를 눌렀다. 새삼 내가 기억하는 번호가 거의 없다는 게 의아하게 느껴졌다. 목욕탕에 갔는지 엄마는 전화를 세 번 걸어도 받지 않았다. 그때 사부작, 잔머리가 돌아갔다. 이것은 여기서 보고 저기서 보아도 일반 공중전화이고 발신기록이 남지 않을 텐데 내가 누구랑 통화를 하든 알 방법이 있나? 물론 바로 1미터 앞에 간호사실이 있긴 하지만 그럴듯하게 속인다면 가족이 아닌 사람과의 통화도 가능할 것 같았다. 나는 피가 섞이지 않은 사람 중에 유일하게 기억하고 있는 연수의 번호를 꾹꾹 눌렀다. 너무 긴장돼서 어지러울 지경이었다. 딸깍. 여보세요? 연수의 목소리가 얇게 떨렸다.

"어… 엄마. 나야. 연지야."

연수는 한동안 말이 없다가 울기 시작했다. 그리고 호흡을 가다듬었다. 마치 종이에 쓰인 글자를 줄줄 읽듯 빠르게 브리핑했다.

"초고는 괜찮아. 어제는 영서랑 같이 알바 면접도 봤어. 이번 주말부터 출근하기로 했어. 영서가 힘들어 하는 것 같아서 어제는 같이 회에 소주 마시면서 달래줬어. 호수랑도 연락하고 있어. 출판사에 잘 얘기해놨대. 낭독회는 차질 없이 진행될 거야."

달리 할 말이 없었다. 응. 응. 그렇구나. 알겠어.

"엄마, 그런데 연수는 괜찮대?"

연수와 나는 한동안 울기만 했다.

"나는 괜찮아. 사람들도 좋고 선생님들도 잘 돌봐주셔. 밥도 맛있고 잠드는 건 여전히 어렵긴 한데 그래도 괜찮아. 할 얘기가 너무 많은데 만나서 말해줄게. 근데 시간이 다 되어간다. 엄마, 사랑해."

중간중간 엄마를 연수라고 부르는 바람에 가슴이 조마조마했지만 다행히 간호사들은 신경 쓰지 않는 듯했다.

왜 통화를 마치고 온 사람들이 한동안 병실 밖으로 나오지 않는지 알 것 같았다. 입원 후 3일 동안은 전화를 할 수 없는 병동 규칙이 납득되었다. 아무런 자극이 없는 병동생활에서 연수와의 통화는 내게 다시금 외부 상황을 상기시켰다. 가장 묻고 싶은 사람의 안부는 묻지 못했다. 걔는 괜찮을까. 수면제를 털어 먹었던 그날 나를 119에 신고했던 사람은 알고 보니 엄마가 아니라 걔였다는데. 그 애의 안부를 묻는 일이 염치없게 느껴졌다. 나는 오전에 읽었던 루이제 린저의 『삶의 한가운데』(민음사, 1999) 속 문장을 곱씹었다. "니나는 내가 갖지 못한 모든 것, 내 생에 대한 비유다." 다시는 만나지 못할, 만나서는 안 되는 사람이 생겼다는 게 실감났다. 사랑했던 사람에게 얼마나 큰 상처를 남겼는지도. 얼마나 최악이었는지도. 이제 내 삶에 그 애는 영원히 잃어버린 것들의 비유가 될 것이었다. 그건 내가 받는 벌이라고 생각하면 받아들여졌지만 그 애에게 나는 어떤 비유로 남을까 생각하면 끔찍했다.

이불을 뒤집어쓰고 숨죽여 울고 있을 때, 간호사 선생님이 왔다. 지금 괜찮으세요? 나는 괜찮다고, 조금 피곤할 뿐이라고 했다. 그치만 내 행동은 CCTV를 통해 의료진에게 관찰되고 있었고, 전혀 괜찮지 않다는 것을 선생님은 알고 있었다. 선생님은 나를 일으켜 세우고 지금 기분이 어떤지 말해보라고 했다. 기분이라는 말이 이상했다. 기분. 기분이요. 기분은 모르겠어요. 계속 기분에 대해 생각하고 생각하다가는 게슈탈트 붕괴가 올 것 같았다.

"연지 씨, 지금 마음이 어때요."

마음은 알 것 같았다.

"마음이 너무 아파요. 울고 싶은데 울 곳이 없어요."

"약이 필요해요?"

"아니요, 괜찮아요."

"약으로 해결될 수 없는 슬픔도 있죠. 그럴 땐 울어야 해요."

간호사 선생님이 내 등을 쓸어주었다. 그건 규칙 위반이었다. 병동에서는 의료진이 환자를, 환자가 환자를 만져서는 안 됐다. 선생님과 이야기하는 동안 백설이와 미연 언니와 은주 언니는 병실 밖으로 나갔다. 선생님도 곧 나갔다. 진이의 이불 위로 쨍한 햇볕이 내려오고 있었고 나는 숨이 막힐 것 같다가, 숨을 막으며 울다가, 소리를 지르면서 울었다. 분명 진이가 있었는데 없는 기분이었다. 그 무렵 진이는 사람보다는 식물 같았다.

다음 날 저녁 진이는 밥을 먹으러 나왔다. 모두가 의식하지 않으려 했지만 신경은 모두 진이의 숟가락에 집중되어 있다는 게 느껴졌다. 콧수염 아저씨는 내 그림이 거의 완성되어간다고 했다. 나는 누가 나를 위해 그림을 그려주는 게 처음이라고, 너무 기대된다고, 퇴원하면 초고에 꼭 두겠다고 말했다. 대화와 대화 사이 침묵이 길었다. 진이는 밥을 우걱우걱 먹었다. 미연 언니가 진이의 숟가락을 막았다. 너 이렇게 다 먹고 토할 거잖아. 그만 먹어. 진이야 그만하자. 나도 말렸다. 모두가 알고 있었다. 진이는 밥을 먹자마자 화장실로 달려갈 거란 걸. 전날 점심부터 쭉 그랬으니까.

식사가 끝나고 나는 화장실 샤워 칸에 숨었다. 곧 진이가 올 것이었다. 먹은 걸 모두 게워내겠지. 진이가 들어오는 타이밍에 맞춰 변기 칸을 막아설 참이었다. 화장실에는 CCTV가 없으니까, 진이를 안고 다독일 수도 있겠다. 10분이 느리게 흘렀다. 미연 언니가 세면대에서 손을 느리게 씻었다. 그리고 진이가 달려 들어왔다. 막아설 새도 없이 변기를 붙잡고 토했다. 그건 그냥 그렇게 되는 것이었다. 목구멍에 손가락을 넣지 않고도 쏟아내게 되는 것이었다. 변기를 잡은 진이를 안으며 제발 그만하라고 빌었다. 좀 살자. 우리 살아보려고 여기 있는 거잖아. 곧이어 보호사가 들어와 나를 떼어냈다. 손을 뿌리치며 진이 좀 어떻게 해달라고, 계속 이렇게 먹고 토하게 둘 수 없지 않느냐고, 대체 선생님들은 뭐하고 있냐고 악을 썼다. 마음이 너무 아파요. 진이가 아프면 나도 아파요. 아프단 말이에요. 마음은 그렇게 또 비명을 지르고 있었다. 진이와 나의 주치의가 각각 와서 나는 병실로, 진이는 보호실로 데려갔다. 주치의는 나에게 다른 환자들의 감정에 이입해서는 안 된다고 했다. 모두 치료받으려고 온 거고, 나도 환자니까 내 마음을 잘 돌보아야 한다고 그랬다. 그런데 나는 사람 아닌가요. 환자는 사람 아닌가요. 어떻게 마음을 분리해요. 그렇게 말하는 대신 안정제를 좀 달라고 했다.

잘 준비를 할 때쯤 진이가 돌아왔다. 진이는 내 눈을 보지 않고 침대에 앉았다. 방향은 나를 향해 있었다. 미연 언니도 우리를 향해 앉았다. 진아, 하고 싶은 말이 있어. 운을 떼고, 병원에 들어오기 직전까지의 이야기를 했다. 나를 돌봐줬던 친구들과 그 애에 대해.

진아. 나는 모든 게 후회돼. 나를 해하는 건 사랑하는 사람들을 같이 해하는 거더라. 나는 나를 사랑하기 힘들지만, 사랑하는 사람들을 위해서라도 힘을 내보려 해. 그들을 다시 보기 힘들 수도 있겠지만. 진이에게는 설리가 있잖아. 설리를 생각해서라도 조금씩 노력해보자.

미연 언니도 거들었다. 그래 진이야, 설리가 알면 얼마나 슬퍼하겠어. 너네 같은 대학에 합격했다며. 잘 치료받고 나가서 설리랑 같이 학교생활 해야지. 얼마나 재밌겠어.

진이는 그제야 조금 웃었다. 그리고 그동안의 자살 시도들에 대해 이야기했다. 자살 중독이라는 말을 진이를 통해 처음 알게 되었다. 정말 죽음 가까이에 가면 간절하게 살고 싶어지는데, 그 느낌에 중독되는 거라고. 그 자극으로 겨우겨우 사는 거라고. 얘는 지금 스물한 살인데, 도대체 어떤 삶을 산 거지. 지금까지의 내 삶이 엄살같이 느껴졌다. 나는 진이와 함께 살고 싶었다. 한 번도 가본 적 없다는 바다에 데려가고 싶었다. 정붙이고 해본 적 없다는 알바를 내 가게에서 시키고 싶었다. 어떤 아름다운 순간들이 목덜미를 건져 올리는지 보여주고 싶었다. 외동인 진이에게 언니가 되어주고 싶었다. 살아야 할 이유가 죽고 싶은 마음을 누를 때까지 옆에서 지켜봐주고 싶었다. 그러겠다고 약속했다.

왼손으로는 진이의 손을 잡고, 오른손으로는 진이의 소매를 걷어 올린 다음, 물티슈로 빨간 펜으로 쓰인 글씨들을 닦았다. 뭐라고 썼는지 알고 싶지 않았다. 어휴, 빡세게도 썼네. 너스레를 떨며 박박 닦았다. 물티슈를 다섯 장쯤 쓰니 글씨들이 겨우 희미해졌다. 내가 진이의 손을 잡고 있는 걸 선생님들은 분명 CCTV로 보고 있었을 텐데 아무도 오지 않았다.

○

혹여 내가 ~했다면 연지가 ~했을 텐데, 라고 생각한다면 제발 그러지 않기를. 그때 나는 누구의 말도 소용없었을 거야. 너희가 최선을 다해줘서 나는 아주 잘못되기 전에 잘 치료받게 된 거라고 생각해. 진심이야. 내가 괜찮지 않음을 인정하니 나아갈 길이 보여. 아직 여기서 지낸 지 얼마 되지 않았지만 나는 점차 나아지는 것 같은데 너희는 어떨지 걱정이다. 내가 나를 해하면서 너희도 같이 해했어. 너무 미안하고, 내가 용서받을 방법은 잘 사는 모습을 보여주는 거라고 생각해. 얼른 본래의 나로 돌아와서 너희에게 환하게 웃어 보이고 농담하고 요리해주고 싶다. 오래 걸리지 않을 거야. 아, 나 좋은 사람들을 많이 만났어. 돌아가면 얘기해줄게. 연수야, 앞으로는 틈새시장 노리는 일 없을 거야. 다혜야, 우리 같이 수영장 가자. [illegible]야, 그 모든 일을 알고도 끝까지 나를 품어줘서 고마워. [illegible]야, 그저 미안하고 미안하다. 모두 부디 잘 회복하길. 사랑해. 너무너무 사랑해. 사랑하는 힘으로 살아갈게. 약속.

* 몇 번이고 허물어지기

엄마가 면회 오기로 한 토요일이었다. 2시쯤 만날 수 있을 거라 했다. 일기장에 빠르게 편지를 썼다. 얽히고 얽힌 여러 감정 중 가장 밝은 것들을 긁어모아 다듬었다. 편지 속의 나는 제법 씩씩해 보였다. 화장실에서 머리를 가다듬고 웃어보았다. 일기장을 찢어 소매 사이에 끼어 들고 호출을 기다렸다.

"연지 씨, 어머니 오셨어요."

창문으로 먼저 본 엄마는 고작 며칠 지났을 뿐인데 부쩍 늙어 보였다. 간호사실 문을 열고 들어가 면담실로 들어섰을 때, 엄마는 나를 보고 웃었다. 너 진짜 환자 같다며. 나도 같이 허허 웃었다. 밥도 맛있고 선생님들도 잘해주시고 사람들도 다 좋아. 요양 온 것 같아. 힘주어 말했다. 아마 엄마도 그랬을 것이다. 포항으로 돌아가 다시 일을 하고 있고, 아빠와 동생은 내가 입원한 걸 모른다고 했다. 서울은 가게 일을 도와주러 다녀오는 줄 안다고.

엄마에게 혹시 내 휴대폰을 가져왔냐고 물었다. 엄마는 내가 궁금해 할 것 같아서 가져왔다고 했다. 간호사실 안의 작은 면회실에는 엄마와 나 단둘이 있었지만 문 하나 넘어 의료진이 우리를 지켜보고 있을 것이었다. 엄마는 테이블 아래로 휴대폰을 건넸다. 전원을 켜는데 손이 떨렸다. 심장이 저릿하고 호흡이 가빠왔다. 부재중 전화가 여러 통 와 있었다. 모두 업무 관련이었다. 카톡을 열었다. 별다른 연락은 없었다. 엄마는 손을 왜 그렇게 떠냐고 물었다. 많이 나아진 건데.

"엄마. 아무도 연락이 없네. 다들 어떻게 지내?"

"연지야, 이제 다시 시작하는 거야. 친구들도 다 잊자."

"왜, 무슨 일 있어?"

"너 이거 들어도 괜찮겠어? 마음 단단히 먹으라고 말해주는 거야."

엄마는 내가 입원한 후의 일들을 들려주기 시작했다.

그날, 입원 수속이 끝나고 포항으로 돌아가기 전에

엄마는 연수를 만났다. 연수가 먹고 싶어 하는 샤브샤브 집을 찾아 둘은 망원동 거리를 한참 헤맸다. 샤브샤브를 먹으며 엄마는 연수에게 당분간 내 집에 머물며 고양이들을 돌봐주기를 부탁했다. 연수는 그러겠다고 했다. 그러나 친구의 자살 시도는… 상처를 넘어 공포였나 보다. 연수는 내가 몇 번이고 죽으려 했던 그 집에서 지내는 게 무서웠다. 결국 연수는 우리 집에서 이틀을 채 지내지 못했다. 이틀 후 엄마는 연수 어머니의 전화를 받았다. 연수에게 부탁할 일이 있다면 직접 소통하지 말고 자신에게 말하라고. 엄마는 인근 거리에 사는 전 애인의 동생에게 연락했다. 딱 하루만 우리 집에 사료를 주러 가줄 수 있겠냐고. 동생은 그러겠다고, 다녀올 테니 걱정하지 마시라고 했다. 다음 날, 엄마는 전 애인으로부터 전화를 받았다. 동생한테 그런 부탁하지 말라고. 내가 퇴원하고도 연락하지 말아달라고. 나에게도 그렇게 전하라고. 엄마는 미안하다고 했다.

다 끝이구나.

눈앞이 빨개지고 숨을 쉬기 힘들었다. 면회 시간을 다 채우지 못하고 먼저 들어가 쉬겠다고 했다. 엄마. 나 진짜 괜찮은데, 그냥 좀 어지러워. 먼저 들어가 쉴게. 전화할게.

엄마를 보내고 잠깐 보호실을 쓰게 해달라고 요청했다. 드디어 혼자였다. 눈을 깜빡일 때마다 눈물이 흘렀다. 눈물이 멎지 않았다. 눈물을 멎게 할 이유도 없었다. 닦기 귀찮아서 모로 누워 줄줄 울었다. 입원하기로 결정한 건 친구들을 위해서였는데. 잘 치료받고 나와서 언젠가 너희가 도움을 필요로 할 때 든든하게 있어주고 싶었는데. 환하게 웃으며 너희들 생각하면서 버텼다고 말해주고 싶었는데. 아니. 뭐라도 붙잡고 일어나 보려고 했는데. 이제는 붙잡을 것도 없고 돌아갈 곳도 없네. 너희 없이 어떻게 살아. 버려진 채로 사느니 죽는 게 더 능동적이지 않나. 살아 있어서 더 외롭다면 죽음보다 삶이 더 나은 이유가 있나.

그렇게 울면 탈진해요.

간호사가 몇 번 들어와 안정제를 권했다. 감정을 조절하기 어려워 보인다고 했다. 감정? 이게 감정인가요? 그래도 이렇게 혼자 울면 위험해요. 일단 병실로 가요.

부축을 받아 병실로 왔다. 다정하게만 느껴졌던 언니들의 눈길이 따끔거렸다. 무슨 말이라도 해야 할 것 같은데. 나 괜찮다고 말해야 하는데. 도무지 괜찮지 않은데 어떡하지. 모든 방 모든 통로에 사람이 있고 아무도 나를 볼 수 없는 곳이 없었다. 화장실 변기 칸에 쭈그려 앉아 숨을 참고 울었다. 이번엔 보호사들이 와서 여기서 울면 안 된다고 했다. 병실엔 가기 싫었다. 제발. 제발 나 좀 혼자 있고 싶어요. 결국 다시 보호실로 인계됐다. 살이 매트리스에 닿는 게 뜨겁고 따가웠다. 구석에 쭈그려 앉아 스테인리스 벽에 몸을 기대니 좀 나았다. 눈물은 더 이상 내 의지로 멈출 수 있는 게 아니었다. 나도 그만 울고 싶은데, 멈추는 것에도 힘이 필요했다. 울음을 멈추려면 모든 에너지를 눈물에 다 써야 할 것 같았다. 에너지를 다 쓰면 뭐든 닥쳐오겠지. 죽음도 그렇지 않을까. 그런데 내 몸은 생각보다 강했다. 쓸데없이.

내가 많이 잘못했구나. 너희를 많이 아프게 했구나. 너희들도 아팠구나. 그래도 어떻게 그럴 수 있어. 자식이 정신병원에 있는데 엄마한테 어떻게 그럴 수 있어. 어떻게 나한테 그럴 수 있어. 너네가 들어와 같이 살자고 했잖아. 내 아픔 말해줘서 고맙다고 했잖아. 야. 나는 네가 아플 때 어디고 달려갔잖아. 새벽이고 아침이고 세 시간 운전이든 세 시간 기차든 내가 갈 수 있는 곳에는 다 갔잖아. 더 이상 연인 아니라고 밀어내다가도 막상 진창에 빠지면 너는 나부터 찾았잖아. 다른 사람도 좋아졌다고, 나를 사랑한 적도 원한 적도 없다고, 이제 지긋지긋하다고 내 심장을 칼로 찌르면서도 나를 떠나주지 않은 건 너잖아. 벼랑 끝으로 밀치고서 막상 손 뺐으니 내 손이 날카로웠어? 너도 나만큼 고통스러웠어? 그렇지 않았다면, 그랬으면 좋겠다. 휙휙 스치는 장면들 끝에는 겁먹은 얼굴이 있었다.

바깥은 깜깜했고, 담당의가 들어왔다. 안정 주사를 맞고 약을 먹었다. 뒷목이 쨍하니 들리는 것 같았다. 정신이 확 들었다. 나 왜 여기에 있지? 지금까지 뭘 한 거지? 선생님. 저 갑자기 괜찮아졌어요. 왜 이러죠? 선생님은 내게 엄마와 어떤 얘기를 나눴냐고 물었다. 나는 엄마가 해줬던 얘기를 고스란히 전해줬다. 토씨 하나 틀리지 않게 주의하면서.

"저도 제가 왜 그랬는지 모르겠어요. 일어난 일을 돌이킬 수가 없어요."

"아파서 그런 거죠. 그럴 만큼 아팠던 거예요. 친구들도 마찬가지예요. 아파서 자신을 지키는 거예요. 연지 씨는 자신을 지킬 힘조차 없었던 거고."

"이제 저는 어떡하죠?"

"이제부터 시작해야죠. 마음을 하나하나 헤아려보면서."

"헤아려보라고요?"

"연지 씨가 받은 상처들을요."

보호실 앞에 여러 사람이 기웃거렸다.

원이가 문을 빼꼼 열고 말했다.

"밥 먹어 누나. 이 말밖에 할 수 없어서 미안해."

○

최선을 다해서 버텨야지. 최선은 무엇일까. 버티는 건 무엇일까. 그건 피하지 않는 것이지. 아픔을 직면하는 것이지. 그런데 또 최선이라니. 또 버티다니. 그건 너무 오래 해왔잖아. 최선을 다하지 말자. 버티지 말자. 여기는 오두막이야. 임시 거처야. 감정이 폭풍처럼 몰아치면 그냥 무너지자. 구조대가 가까이 있어. 그들은 내가 부르지 않아도 달려와 보수공사를 해줄 거야. 몇 번이고 다시 세워지는 오두막이야. 몇 번이고 허물어져도 괜찮아.

* 주머니가 갖고 싶어

병동 밖으로 나올 수 있는 순간은 몇 안 되었다. MRI 검사를 받거나 뇌파 검사를 할 때 뿐이었다. 그마저도 휠체어를 타고 보호사와 동행해야 했지만 잠시나마 바깥 공기를 쐴 수 있는 시간이 귀했다. 몸은 멀쩡한데 휠체어를 타는 게 이상하게 느껴지기도 했다. '보호병동 환자입니다'라는 말로 모든 대기줄을 프리패스하는 것도 겸연쩍었다. 엘리베이터에서 사람들을 마주치면 보호사는 구석 쪽으로 휠체어 방향을 틀어주었다. 굳이? 싶다가 알게 되었다. 보호병동만 병원복이 다르다는 것을. 다른 환자들의 병원복에는 주머니가 달려 있었다. 옷의 색깔도 달랐다. 몸을 돌려주는 것은 배려일까, 도망을 막기 위함일까. 둘 다겠지. 병동이 너무 갑갑할 때에는 꾀병이라도 부릴까 고심했다. 다른 과로 나들이 갈 수 있으니까.

병동이 교도소도 아니고 보호사가 잠시 카운터에서 접수를 하는 틈을 타 도망갈 수도 있을 텐데. 엄마한테 전화해서 울고 불며 더 이상 못 지내겠다고 하면 치료를 포기할 수도 있을 텐데. 그러면 또다시 그 모든 일들이 반복되겠지. 최선을 다해 버텨야지. 선불리 퇴원하지 않는 게 지금의 최선이지. 내 상태가 좋지 못하다는 것을 인정해야지. 머릿속에 재생되는 장면들을 그대로 둬야지.

생각이 나면 울고, 울고 나면 아플 힘이 없었다. 여기서는 감정을 숨기지 않아도 된다. 밥을 먹다 울어도, 대화를 나누다 힘들다고 자리를 피해도 된다. 그러려고 온 곳이니까. 주머니가 없는 병원복처럼, 마음을 숨길 곳도 없고 숨겨야 할 필요도 없다. 꼬박꼬박 울고 또박또박 말했다. 나 너무 아프다고. 마음이 이렇게 아플 수 있는 거냐고. 완전히 손 쓸 수도 없이 고장나 버린 것 같다고. 그렇게 말하면 전문적으로 들어주는, 듣기의 전문가인 선생님들이 있었다. 울고 웃기를 반복하며 이틀 정도 지내다 보니 오후 네 시마다 찾아오던 공황 증세도, 잔잔하게 끓어오르던 불안의 강도도 약해졌다.

마음을 헤아려보며 알았다. 일을 시작한 3년 동안 한

번도 운 적이 없다는 걸. 울거나 화내야 마땅한 순간에 나는 공황 증세를 느껴왔다. 오랜 친구이자 믿었던 직원이 트위터에서 지속적으로 나를 욕하고 있었다는 사실을 알았을 때. 그 사실을 알면서도 매일 그의 얼굴을 마주해야 했을 때. 영업난으로 임대료 납부 일자를 맞추지 못하자 건물주가 당장 철거하고 나가라고 했을 때. 사랑하는 친구에게 이유도 모르고 손절당했을 때. 헤어진 연인과 우정을 가장한 채로 서로의 곁을 떠나지 못하던 모든 순간들. 나를 지탱해주던 믿음이 희미해지고 가차 없이 등 돌렸을 때.

"마음이 단단한 사람은 툭 쳐도 멍들지 않아요. 반면 툭 치면 쉽게 멍드는 사람도 있는 거죠." 주치의는 말했는데.

마음이 단단한 사람은 어떤 사람일까? 사소한 일로 상처받지 않고, 넘어져도 금방 다시 회복하는 사람? 사소함은 어디까지 사소하고 회복은 어디서부터 회복일까. 자신을 사랑하는 사람? '러브 유어셀프'를 말하는 동기 부여 연설가들에게 묻고 싶다. '당신 스스로를 사랑하세요' 말고요. '나는 나를 사랑합니다'라고 말할 수 있나요? 지우고 싶은 실수들, 나만 아는 치욕들을 견디고도 자신을 사랑할 수 있단 말인가요? 한번은 동생이

투다리에서 맥주를 마시다가 불쑥 말한 적 있다. "자기를 사랑할 줄 알아야 남도 사랑할 수 있대." 그때 나는 뭐라고 말했더라. 어디서 주워 먹은 말이냐고 웃고 넘겼던 것 같다. 나는 나를 사랑하지 않지 않으니까. 그러나 사랑하는 사람에게 나는 무엇을 해주는가. 그 사람의 건강을 걱정하고, 다정한 말을 건네고, 함께 시간을 보내고 싶어 한다. 그것들을 나에게도 해주는가, 하면 아니었다. '사랑'의 자리에 '사랑의 행위'들을 대입하자 분명해졌다. 나는 나를 소홀히 대해왔다. 엉망진창인 집과 깔끔한 옷차림새. 그게 나였지.

나는 내가 자랑스러웠지. 학창시절 내내 전교 순위권을 놓쳐본 적 없지. 원하던 대학 원하는 과에 한 번에 합격했어. 어떤 면접에서도 떨어진 적 없어. 알바를 쉬어본 적도 없어. 산티아고 순례길도 완주했잖아. 고비 사막에서 조난당하고 히말라야 산맥에서 길 잃어도 잘만 돌아왔잖아. 무섭고 그리워도 꾹 참고 1년 동안 돌아가지 않았잖아. 목표로 한 것을 결코 포기한 적 없잖아. 그런데 있잖아. 왜 그렇게 위험하게 다녔어. 해내고 싶었던 거야, 해내 보이고 싶었던 거야? 왜 너의 성취는 죄다 위험을 감내해야 얻어지는 거야? 성취로 나를 만들어내고, 만들어낸 나를 강하다고 착각한 거 아니야? 뭘 자꾸

해냈으니까. 힘들고 어려운 거 모두 엄살이라고 여기진 않았어? 내가 나를 방치한 채로 자꾸만 알 수 없는 곳으로 내몰고, 내몰린 곳에서 더 이상 앞이 보이지 않으니까, 그래서 죽고 싶었던 거 아니야? 비겁하다. 아니다. 무서웠겠다. 많이 무서웠지. 세상이 나한테 왜 이러나 싶었지. 연지야. 세상은 넌데. 나한테 좀 심했다. 그치.

어쩌다 자해를 했을까. 무슨 생각으로 그랬을까. 매일 매일 죽고 싶다고 말하던 친구도 영양제를 꼬박꼬박 챙겨 먹었는데. 어쩌면 나는 관심받고 싶었던 걸까. 그렇지만 단연코 상처를 보이고 싶지 않았는데. 손목에 붕대를 칭칭 감고도 설거지하고 칵테일 만들고 누가 물어보면 손목이 약해져서 밴딩해놨다고 했는데. 그렇지만 가끔은 붕대를 풀고 상처를 소독하며 짜릿하기도 했어. 꿰맨 자국을 보며 나만 아는 비밀을 가진 것 같은 기분이 들기도 했어. 흉이 남길 바랐어. 그건 대체 무슨 심리일까. 미친 걸까.

하루에 한 번씩 주치의 선생님과 이야기를 나누며 자해의 아이러니에 대해 알게 되었다. 자해는 사람을 살게 한다고. 신체의 고통으로 정신적인 고통을 잠시나마 잊게 해준다는 면에서. 눈에 보이지 않는 고통을 가시화하여 일시적으로 감정을 해소시켜준다는 면에서. 선생님은 내가 살아온 방식이 자해의 원리와 비슷하다고 했다. 목표를 정하고 거기까지 달리는 와중에는 내면의 불안과 우울을 잠시나마 잊을 수 있었을 텐데, 어느 순간부터는 같은 정도의 자극으로는 성취가 성취로 느껴지지 않았을 거라고. 선생님. 그런데 다들 그렇게 살지 않아요? 다들 있는 힘껏 발악하며 겨우 살아가는 거 아닌가요? 내가 너무 나약한 거 아닌가요? 모두가 힘든 일을 겪는다고 해서 자해를 하거나 자살 시도를 하는 건 아니잖아요.

"사람은 모두 각자의 생존방식이 있고, 연지 씨는 자신에게 맞는 생존법을 터득할 수밖에 없었을 거예요. 살아온 날들을 탓하진 말아요. 이제라도 자신을 돌보며 사는 법을 익히면 돼요. 우선은 잠시 멈추는 것부터 합시다. 조급하게 생각하지 말아요. 당장 죽고 싶다는 마음에서, 왜 죽고 싶었는지에 의문을 가지게 되었잖아요. 거기서부터 시작하는 거예요."

모르겠다. 나는 정말 죽고 싶었을까. 죽고 싶다는 마음을 번역하면 어떤 말이 될까. 고통으로부터 벗어나고 싶다. 혹은, 여기가 아닌 다른 곳으로 가고 싶다. 그 말은 이렇게 다시 쓰일 수 있을까. 다른 삶을 살고 싶다.

○

반복해서 허공에 부리를 찧는 새를
네 작은 송곳니로 물어
내 앞에 가져다 놓았을 때

두 세계를 구한 것을 너는 알까

창 넘어오는 고양이가 커튼을 들추고
잠깐 쏟아지는 빛

창밖에는 새들이
원을 그리며 돌고 있어

이 순간을 나는 몇 번이고 겪은 것 같아

한쪽 어깻죽지가 들려진 채로
계속해서 이동한다

* 모두의 부루마불

아무것도 하지 않아도 되는 곳에서 다들 할 일이 있다. 그걸 입원 후 일주일이 지나고 나서야 귀하게 여기기 시작했다. 거실에서는 언제나 티비를 볼 수 있지만 식사 시간 외에는 아무도 보지 않는다. 누구든 티비를 보면서 시간을 때우는 일만큼은 병원에서 하고 싶지 않을 테니까. 나는 환자지만 환자처럼만은 지내지 않겠다는 태도가 모두에게 어떤 자세로든 배어 있는 것 같았다. 책장 속 책머리들엔 먼지가 쌓여 있다. 행복이라니. 힐링이라니. 순결이라니. 병원 측의 책 큐레이션은 독자들의 마음을 움직이지 못했다. 입원 시기가 비슷한 석이와 나는 각자 가져온 책들을 읽다가 읽은 것을 돌려가며 읽다가 그런 다음에는… 텍스트에 질려버렸다. 우리는 권태감을 느끼는 시기도 비슷했다.

석이와 원이가 탁구 시합에 열을 올리며 보호실에서는 울음 소리 대신 거친 호흡 소리가 들렸다. 처음엔 열 살 많은 석이가 월등하게 잘했지만 원이는 성장기 청소년이었다. 자라나는 것들엔 괴물스러운 면이 있다고 어디서 읽었던 것 같은데. 그는 키도 매일 조금씩 자라는 것 같았다. 판이 거듭될수록 원이가 이긴 횟수가 늘었고 퀘스트 수행하듯 그는 남자 환자들을 한 명씩 무찔렀다. 우승 후보였던 콧수염 아저씨조차 단판에 이겨버렸다. 은퇴한 선수들이 코치로 전향하듯 무적이 된 원이는 여자 병실을 기웃거리기 시작했다. 작게 난 창에 이마를 대고 "누나아… 나랑 탁구치자아" 하며 시도 때도 없이 찾아왔다. 진이는 흔쾌히 원이의 상대가 되어주고는 했지만 나는 잘하지 못하는 것에 흥미를 느끼기 어려웠다.

보호실은 요가원이 되기도 했다. 내가 들어오기 직전에 퇴원한 '필라테스 언니'에게 매일 요가 티칭을 받은 진이는 동작에는 소질이 없었으나 훌륭한 선생님이었다. 어떤 요가 플루언스의 순서와 멘트를 통째로 외워버린 것 같았다. 더군다나 그는 완전히 무대 체질이었다. 쭈뼛쭈뼛 선 환자들 앞에서 기백이 당당했다. 들숨에 허리를 곧게 펴고요. 숨을 내뱉으며 척추 관절을 하나씩 눌러 바닥에 붙여주세요. 숨이 몸을 돌고 나가는 걸 느껴봅니다. 진이의 목소리에는 흔들림이 없었다. 코로나 이전에는 운동 강사나 종이접기 강사가 오기도 했다는데 입원조차 하루 격리가 필요했던 그 시기에는 무리였다. 운동도 놀이도 모두 알아서 해야 했다.

내 취미는 퍼즐이었다. 거실 책장 맨 아래 칸에는 500피스짜리 퍼즐이 몇 개 있었다. 고흐의 그림이 대부분이었다. 나는 항상 바다 그림을 골랐다. 퍼즐에서 바다가 아닌 부분을 모두 맞추고 나면 푸른 조각들이 남는데, 파랑에도 이렇게 다양한 종류가 있구나 하며 조각들을 집어 올리는 순간이 좋았다. 다 비슷하게 생겼는데도 어느 하나 똑같은 모양의 피스가 없다는 점도 좋았다. 밥 먹을 때 말고는 거의 모든 시간 퍼즐을 맞췄다. 혼자 퍼즐을 하고 있으면 꼭 누군가가 다녀갔다. 같이 하자고 와서는 퍼즐 조각을 만지작거리면서 수다를 떤다. 그러다가 석이의 첫사랑 이야기도 듣고 나보다 어린 정신과 실습 선생님의 연애 얘기도 들었다. 한번은 새로 들어온 환자분의 어머니가(그는 거동이 불편해서 보호자의 출입이 허락되었다) 퍼즐을 두는 나를 오래 지켜보시더니 작은 소리로 "어휴, 쯧쯧 젊은 처자가 안타까워서 우째"라고 말하는 걸 들었다. 그 일은 두고두고 병동의 안줏거리… 아니 농담거리가 되었다.

나의 퍼즐 메이트는 콧수염 아저씨. 우리는 매일 나란히 앉아 각자의 퍼즐을 했다. 그는 그림 그리는 사람답게 극악 난이도의 퍼즐만 골라서 했다. 고흐의 해바라기 그림이었는데 거의 똑같아 보이는 노랑들을 잘도 구별해냈다. 여느 때와 같이 평화롭게 퍼즐을 두던 오후, 콧수염 아저씨는 평소의 웃음기를 싹 거두고 느와르 영화 속 인물처럼 말했다.

"표정 변하지 말고 들어. 씨씨티비 있으니까. 나는 곧 개방병동으로 옮긴다. 거기서는 휴대폰을 쓸 수 있어. 환자복도 바뀌어. 주머니 있는 걸로. 식사시간 제외하고는 보호병동으로도 언제든 들어올 수 있지. 뭐 필요한 거 없어?"

"담배."

"말이 되는 소리를 해. 물건은 어려울 것 같고. 궁금한 소식 같은 거."

"담배 말고는 딱히…"

"천천히 생각해보고 8시에 정수기 앞에서 만나."

당장 필요한 것들을 생각해내다가 정말 필요한 게 아무것도 없다는 걸 알았다. 갖고 싶은 것도 없고 하고 싶은 것도 없었다. 퍼즐과 담배만 있다면 평생 여기서 살 수 있을 것 같았다. 이럴 수가. 내가 매일 의심 없이 받아먹었던 약이 사실 욕구를 싹 지워버리는 약 아니야? 어쩜 이렇게 아무 욕망도 남아 있지 않을 수 있지? 잠깐 혼란스러웠다가… 내게 슬픔이 없다는 사실을 알아차렸다. 가슴께가 콕콕 찔리는 고통도, 숨쉬기 어려울 만큼 강도 높은 불안도, 퍼즐을 하는 동안엔 없었다. 그날 나는 일기에다 이렇게 썼다.

세상에 나를 망가뜨릴 만한 슬픔은 없구나.

어떤 고통이라도 규칙적으로 먹고 자고 약 먹으면 나아지는구나.

저녁을 먹고 약속한 대로 정수기 앞에서 콧수염 아저씨를 만났다. 한 손으로는 물을 마시고 다른 한 손으로는 종이컵 뒤쪽에 초고 인스타그램 아이디를 적은 종이컵을 그에게 건넸다. 소식 좀 봐달라고. 그는 고개를 끄덕이며 종이컵을 다른 종이컵으로 덧씌우고는 병실로 돌아갔다. 그는 한참 후 씩씩한 목소리로 사람들을 불러 모았다.

"나 내일 개방병동 간다! 오늘 밤은 파티다! 우리… 부루마불 하자!"

때는 설 하루 전. 명절답게 모든 식구가 둘러앉아 판을 벌였다. 벌칙은 콧수염 아저씨가 정했다. 다음 날 아침 식사 도중 식판을 들고 일어나 뽀로로 노래 부르기. 그것도 벌떡 일어나서 또박또박 큰 소리로 부르기. 노는 게 제일 좋아. 친구들 모여라! 그날은 실습 선생님들이 방문하는 날이기도 하니까 모두를 당황시키기에 충분할 것이었다. 환영합니다 선생님들. 이곳이 바로 정신병동이랍니다!

몇 개의 별장과 빌딩이 세워지고 팔리고 가본 적 없는 나라를 가고 무인도에 갇히기도 하면서 명절의 밤은 지나가고 있었다. 가장 신난 사람은 원이였다. 그 아이가 그렇게 활짝 웃거나 방방 뛰는 모습을 처음 보았다. 우리 원이 이제 돌아가면 친구도 많이 사귀고~ 건강하고~ 미연 언니와 은주 언니가 돌아가며 명절 덕담을 건네던 그때, 부루마불 판으로 피가 튀었다. 원이의 코피였다. 진이가 물었다.

"너 강박이라며. 조증 아냐?"

"둘 다…"

다들 잠깐 머쓱해 있다가 누가 웃음을 터뜨리자 모두 배꼽 빠지게 웃었다. 우리만 웃을 수 있는 농담이었다. 콧수염 아저씨는 그날 마지막 작품 두 개를 공개했다. 하나는 그가 상상한(사이버 펑크 판타지를 곁들인) 초고, 다른 하나는 A4 용지에 그린 울창한 나무였다. 나무에는 103병동이라고 적힌 팻말이 붙어 있었다. 가지마다 예쁜 꽃이 피어 있었고 꽃마다 환자들의 이름과 입원 날짜가 적혀 있었다. 그는 한 사람씩 돌아가며 모두 자기 꽃에다가 사인을 하라고 했다. 나무나 꽃의 의미를 아무도 묻지 않았다. 사실은 모두 알았겠지만 아니 각자 무슨 생각을 하든 상관없겠지만 자기 꽃에다 사인을 하는 순간 피어난 어떤 다짐 같은 게 있었을 것이다. 콧수염 아저씨는 그림을 알림판에 붙여두었다. 우리가 함께 있었다는 유일한 증거였다. "나는 이제 맨날 산책하고 담배 피우고 휴대폰 할 거지롱~" 그는 매일 놀러 올 텐데도 모두 손을 흔들며 마지막처럼 배웅했다.

○

오전 7시

침대 책상에 햇빛이 드는 시간

노트에도 커피 속 얼음들에도

어두운 네모 안에 밝은 네모가 생긴다

네모에서 빛이 쏟아져 나온다

나는 문득 괜찮다

선생님한테 평온하다고 말했다

* 우리를 망치러 온 구원자

콧수염 아저씨가 개방병동으로 옮기며 병동은 술렁이기 시작했다. 그는 식사와 취침을 따로 할 뿐 보호병동을 자유로이 오갈 수 있었다. 주머니 달린 병원복에서 담배 냄새가 폴폴 났다. 그는 한 달 동안 못 봤던 웹툰을 몰아보고 산책하는 척하며 택시 타고 집에 다녀왔다고 했다. 석이와 진이, 그리고 나는 과잠 입은 선배를 바라보는 고등학생처럼 그의 자유를 부러워했다. 그러다 공동의 목표가 생겼다. 개방병동으로 함께 이동하는 것. 우리는 자기 객관화가 잘 되는 환자들이었으므로 퇴원을 바라지는 않았다. 나는 안정제를 먹는 횟수를 줄였고, 진이는 규칙적으로 식사를 하기 시작했다. 석이는 회진 시간에 더 이상 자살 생각을 하지 않는다고 주치의들을 안심시켰다.

밑밥(?)을 깔아놓은 우리는 결의에 차 각자의 담당 교수님과 면담을 잡았다. 그리고 모두 패배했다. 진이는 이제 막 식습관이 잡혔는데 개방병동으로 갔을 때 폭식이 우려된다고 했다. 석이와 나는 비교적 상태가 호전되었지만 자살 사고로 입원했기에 개방병동에 가더라도 24시간 보호자와 함께해야 한다고 했다. 그럴 바엔 여기 갇혀 있는 게 낫겠다고 석이와 나는 재빠르게 마음을 접었다.

그래도 소득이 없었던 건 아니다. 큰 부탁 뒤 작은 부탁을 하는 게 효력 있다고 전공 수업에서 배운 바, 교수님과의 협상 자리에서 노트북 이용권을 따낼 수 있었다. 자유시간에 30분 동안 면담실에서 노트북을 사용할 수 있었다. 와이파이를 연결하고 제일 먼저 한 일은 환자들의 연락처를 외워 단톡방을 파는 것이었다. 환자 간 연락처 교환은 금기사항이었지만… 뭐 어쩔 거야. 한 번에 한두 명씩 번호를 외워서 사흘 동안 다섯 명을 초대했다. 정원은 나 포함 여섯이다. 읽은 사람의 숫자가 4에서 떨어지지 않는 그 단톡방에서 콧수염 아저씨와 나는 퇴원하고 함께 여행 갈 계획을 짰다. 안개가 예쁜 저수지를 알아. 거기에 텐트 치고 낚시 하자. 저녁에는 캠프파이어 하면서 맥주도 마시고. 원이는 어떡해?

개는 콜라 마셔야지. 담당 쌤들이랑 영상통화하면 진짜 골 때리겠다. 정말 그런 날이 오면 좋겠다. 좋은 날을 구체적으로 상상하니 예정된 미래 같았다. 좋은 시간은 이미 거기 놓여 있고 우리는 그곳으로 나아가기만 하면 되었다.

나는 누군가로부터의 장문의 편지를 기대했었던 것 같다. 그러나 편지는커녕 카톡 하나 없었다. 그래도 한 명쯤은, 내가 보고 싶다거나 회복을 응원한다거나 퇴원하면 연락달라는 말을 남겨놓을 수 있잖아. 나는 친구들의 근황이 너무나 궁금했지만 어떤 소식이든 알게 되었을 때 감당할 자신이 없었다. 모두 나를 무서워할까. 걱정되지만 챙기기에는 부담스러운 짐이 되었을까. 나는 그들의 트라우마가 되었나. 선뜻 먼저 연락할 수 없었다. 영서 님과 운영에 필요한 대화만 가끔 주고받았다. 퇴원하고서도 충분히 회복할 때까지 먼저 연락하지 않기로 다짐했다. 그때가 언제인 줄은 알 수 없지만. 이제는 서로를 위해 할 수 있는 게 남아 있지 않았다.

공용 공간뿐인 병동에서 면담실은 유일하게 혼자 있는 곳이었다. 노트북은 10분 정도만 사용하고 책을 읽거나 일기를 썼다. 그러다 보면 벽 너머로 다른 병동의 소리가 들렸다. 삑삑 일정한 기계음, 가래 끓는 소리, 숨

넘어가는 소리, 물 좀 달라는 외침… 처음 며칠은 대수롭지 않게 여겼는데 귀를 대고 들어보니 살려달라는 말도 들렸다. 벽 너머에 지옥이 있나. 드디어 환청이 들리는가 싶었다. 면담실에서 이런 소리를 들은 적 있냐고 애들에게 물어봤더니 모두 들은 적이 있다고 했다. 사실 우리가 있는 곳은 대외용이고 찐 정신병동은 따로 있는 게 아닌가 의심했다. 간호사 선생님은 그곳이 신경외과 중환자실이라고 했다.

루즈해진 병동 신에 긴장감을 불어넣은 이가 있었으니… 남자 병동에 새로 들어온 대머리 아저씨였다. 모두가 대머리라고 불렀으므로 나도 그를 편의상 대머리라고 부르겠다. 그는 60대 남성으로, 첫인사부터 범상치 않았다. 저녁 식사 자리였다. "여기서 제일 연장자가 누구요?" 그가 물었고, "우리는 그런 거 안 따져요." 진이가 응수했다. "여기서는 다들 격 없이 지내요." 미연 언니가 분위기를 풀어보려 했지만 대머리는 눈알을 부라리며 소리를 질러댔다. "내가 어떤 사람인 줄 알아?" 이 말을 육성으로 들을 날이 올 줄이야. 그는 우리의 예의 없음과 격 없음에 대해 고래고래 소리 지르다가 보호실로 끌려갔다.

병실의 어린 애들은 재빠르게 눈빛을 주고받았다.

야, 우리 좇 됐다. 저 사람이 찐이네.

그는 모든 이에게 시비를 걸고 다녔다. 석이의 몸을 툭툭 치고 다녔고, 원이에게는 물을 떠 오라든지 간호사를 불러달라든지 이것저것 잔심부름을 시켰다. 미연 언니를 붙잡고 자신의 일대기를 늘어놓기도 했다. 주적은 진이였다. 진이는 시비를 거는 그에게 시비를 거는 유일한 자였다. 대머리의 비상식적이거나 무례한 질문에 진이는 참지 않았다. "이년이 미쳤나!" 대머리가 호통치고 "그래 미쳤으니까 여기 있지!" 진이가 일갈하면 본격적으로 싸움이 시작되었다. 그러면 보호사가 와서 둘을 떼어놓고… 크고 작은 싸움이 한 시간 간격으로 일어났다. 선생님들은 진이에게 조금만 참아달라고 했다. 그 사람은 분노가 증상이고, 치료받기 위해 들어온 거라고. 맞는 말이지만, 나는 진이에게 참지 말라고 했다. 참는 건 바깥에서 실컷 했을 테니까. 그리고 그 사람을 참아줬던 사람들은 사는 동안 차고 넘쳤을 테니까.

대머리의 등장으로 북적거렸던 거실은 식사 시간 외에 텅텅 비게 되었다. 거실의 주도권은 대머리가 잡게 되었지만 나는 그와 공존해야 했다. 퍼즐 때문이다. 역시나 그는 내가 혼자 거실에서 퍼즐을 두고 있으면 다가와 신상을 캐내려 하거나 자신이 얼마나 무서운 사람인지 어필하려 했다. 나는 그의 말에 세 마디 이상 답하지 않았다. 그러시군요. 모르겠어요. 쉬고 싶어요. 세 가지로 거의 모든 대화를 일축할 수 있었고, 아마 나는 좀 모자란 애로 보였을 것이다. 그러다 보면 대머리는 금방 흥미를 잃고 티비 채널을 돌리곤 했다. 아슬아슬한 평화였다. 한 번은 그가 내 옆에 앉으며 퍼즐을 도와주겠다고 했다. 허벅지가 살짝 닿았고, 숨소리가 들릴 정도로 가까운 거리였다. 그러고는… 나를 자기 며느리로 삼고 싶다고 했다. 막내아들의 연애 상대가 마음에 들지 않는다고. 무시하고 일어나려 할 참, 진이가 그를 발견하고 곧바로 소리 질렀다. "저 대머리가 연지 언니한테 집적거리고 있어요!" 곧바로 보호사들이 왔고, 그 사건의 여파로 대머리와 나에게 각각 보호사가 한 명씩 붙었다. 그게 부담스러워 그냥 퇴원할 때까지 병실에 처박혀 있을까 싶었지만 억울한 마음이 들었다. 꾸역꾸역 거실로 나와 눈과 귀를 닫고 퍼즐을 했다.

진이 다음으로는 원이가 대머리의 주 표적이었다. 어느 밤에 그는 정수기 앞에서 물을 마시는 원이에게 다가가 이래저래 훈수를 뒀다. 퍼즐을 하던 나는 의자를 돌려 원이에게 말을 걸며 이야기 화제를 돌렸다. 그러자 그는 왜 자기 말을 들어주지 않느냐며 원이를 향해 손을 들어 올렸다. 그때, 나도 모르게 원이 앞을 막아섰다. 제발 좀 그만하세요. 다들 힘들잖아요. 울지 않으려 눈에 힘을 줬다. 의료진보다 석이와 진이가 먼저 달려왔다. 허들링하는 펭귄들처럼 우리는 원이를 가운데 두고 그가 조용히 돌아가기를 기다렸다. 그러면서 함께 퇴원 시기를 고민했다. 저 아저씨를 쫓을 수 없다면 그냥 우리가 나가자. 여기 있다가는 더 나빠질 것 같아. 대머리는 우리를 망치러 온 구원자였을까. 다들 먼 날로 여겼던 퇴원을 앞당기기로 했다.

그날 진이는 잠들기 전 한참 뒤척였다. 병동에 있는 동안 나를 지켜주고 싶은데 할 수 있는 게 아무것도 없다며. 지켜준다는 건 뭘까. 우리는 어디에서든 심지어 보호병동에서마저 폭력으로부터 안전할 수 없는데. 진이는 누운 채로 훌쩍이는데 나는 그 애의 머리를 쓸어줄 수도 없는 게 속상했다. 진이 퇴원하면 내 호위무사 해야겠네. 우리 가게에서 일하면서 나 지켜줘야겠네. 그래야겠다. 꼭 알바하게 해줘 언니. 그래 그러자. 그날은 은주 언니의 퇴원 전날 밤이기도 했다. 허밍으로 강아

솔의 노래(〈그대에게〉)를 불렀다. "겨를 없이 여기까지 오느라 손 한 뼘의 곁도 내어주지 못해 불안한 그대여, 나 그대 대단치 않아도 사랑할 수 있다오."

소리 지르고 싸우고 울고 웃는 병동에서 노래를 부르지 않아야 할 이유는 없었다. 그날 나는 처음으로 술 마시지 않고, 무반주로, 좋아하는 노래를 완창했다. 사방에서 쌔근거리는 소리가 들릴 때까지 잠들지 않았다.

○ Interlude

진이에게,

지난여름엔 런던을 다녀왔어. 내가 가본 곳 중에 가장 먼 곳이야. 퍼즐 조각으로 흐릿하게 보았던 고흐의 그림을 봤을 때, 새삼 시간이 많이 흘렀구나 싶더라. 외에 다른 감흥은 없었어. 그 겨울에는 내가 런던에 갈 거라곤 생각도 못 했는데. 생에 계속해서 다음이 있다는 게 신기하더라. 네 생각을 했어. 너는 퍼즐 맞추는 걸 도와주겠다고 와서는 조각만 만지작거렸잖아. 너는 어디까지 갔을까? 나는 이렇게나 멀리 왔는데. 런던에서 내내 그런 생각을 했어.

오늘은 밥 먹었어? 학교는 잘 다녀? 아프진 않아? 퇴원하고 우리가 연락이 닿게 된다면 이런 대화를 종종 나눌 수 있을 거라 생각했어. 그치만 너를 만난 건 네가 초고에서 알바하기로 한 첫날이 마지막이었네. 처음으로 너를 꼭 안아봤던 날이었지. 그렇게나 안고 싶었는데 막상 안으니까 오래전부터 그래왔던 것 같았어. 가발을 쓴 너는 조금 낯설었지만 그런대로 잘 어울린다고 생각했어. 예쁘더라. 그리고 설거지 진짜 못하더라. 완전 속았잖아. 너 호텔에서 주방 알바했었다며. 나는 딱 보면 알지. 넌 완전 초짜였어. 그날이 마지막일 줄 알았다면 좀 더 너와 시간을 보냈을 텐데. 그날 너를 찍은 폴라로이드 사진은 아직도 주방 벽에 붙어 있어. 모두가 너를 궁금해 해.

진이야. 어디선가 살아 있는 거 맞지? 네가 사라진 이후로 한 달에 한 번씩 전화를 걸었는데 그때마다 폰이 꺼져 있는 게 무서워. 네가 있는 곳이 내가 있는 곳과 너무나 다를까 봐. 다른 층위일까 봐. 어디에 있든 언젠가 이 글이 닿을 수 있기를 바라면서 이후의 일들을 말해줄게.

퇴원한 지 2주째였나. 석이가 초고에 찾아왔어. 백설이랑 같이. 유서 다섯 장을 들고. 이제 진짜 마지막이라고, 이번엔 꼭 성공할 거라고 하더라. 우리는 알잖아. 그런 건 신호라고. 백설이와 나는 단박에 알아들었지. 맞춤법 봐주겠다고 잠시 달라 했어. 순순히 주더라. 죽는 마당에 유서 맞춤법 걱정하는 애가 어딨냐. 그대로 초고 옥상으로 도망쳤어. 석이가 쫓아왔지만 백설이랑 내가 더 빨랐어. 찢을까 고민하다가 라이터로 불을 붙였어. 조각도 맞춰보지 못하게. 석이는 주먹을 쥐었다 풀었다 하면서 눈이 빨개지더라. 그런데 어쩌겠어. 그걸 없애버리면 걔는 다시 쓸 때까지 살아야 할 테니까. 활활 타는 불 앞에 쪼그려 앉아 백설이랑 처음으로 맞담배 폈어. 다들 자기는 죽으려 하면서 남은 말린다고 우리가 얘기했을 때, 말리는 사람은 살 수 있다고 백설이가 말했던 거 기억나? 우리는 잘 살 거야. 평생 다른 사람 죽는 거 말리다가 우리가 제일 오래 살아남을 거야.

알고 보니 우리 중에 허언증 환자 있는 거 아니냐며, 서로 자기가 허언증이라고 우기면서 원카드 했던 날 기억해? 사실 초고라는 곳은 없고 나는 사장도 작가도 아니고. 석이는 의대생 아니고 그냥 백수고. 원이는 사실 초등학생이고. 우리만 할 수 있는 농담인 줄 알았는데… 진짜 있었나 봐. 콧수염 아저씨였어. 퇴원하고 자주 전화를 걸어왔는데, 그때마다 하는 일이 바뀌더라. 말을 어수선하게 했어. 음향 장비를 수리하는 일을 한

댔다가, 과일을 도매하는 일을 한댔다가… 한번은 나 없을 때 초고에 다녀왔다고 하더라. 당시 내가 초고에 없는 날은 거의 없었는데. 그 후로 그의 연락을 받지 않았어. 석이한테도 원이한테도 백설이한테도 그랬대. 보호병동이란 곳 참 이상하지. 콧수염 아저씨가 제일 멀쩡해 보였는데. 진짜 어른 같았는데. 어쩌면 아저씨는 우리를 소중히 생각해서, 이 어리고 여린 것들을 잘 살게 하고 싶어서, 병동에서만큼은 애썼던 거일지도 몰라.

정신없이 지내다 봄이 오고, 이사를 하고, 다시는 사랑하지 못할 거라고 단념했던 내가 사랑을 또 하고, 그 사랑 때문에 런던도 다녀오고, 헤어지고, 새로운 친구들을 사귀고, 또 누군갈 사랑하게 되고, 날씨가 다시 추워지고 있어. 그러는 동안 내 몸에 수리공을 들였어. 일주일에 한 번씩은 수리공의 자아로 몸의 이곳저곳들을 고치러 다녀. 상담 가서 마음을 돌보고 정신과에서 약을 받고 치과 진료 갔다가 가끔은 산부인과까지 들리면 하루가 금방 가. 더 이상 내 몸과 마음을 방치하지 않으려고. 마음이 무너지면 어디까지 갈 수 있는지 이제는 아니까. 나뿐만 아니라 내 주변도 함께 망가진다는 걸 아니까. 이제는 내가 그들을 지킬 차례야.

지난주에는 사랑하는 친구가 그 병동에 입원했어. 내가 권유했지만 걔의 결정이었어. 좀 갑작스럽게 입원해서 무슨 기분인지도 모르고 도와줄 수 있는 일들을 했네. 동생인 척하고 병동 안까지 들어가서 배웅해줬어. 이틀 후 오후 세 시, 여자 병실에서 내려다보이는 정원 한가운데에서 내가 손 흔들고 있겠다고 하면서. 그러고 병원을 나왔는데, 마음 한구석은 여전히 부서져 있더라. 꾹 참았던 눈물이 터지고 가슴이 막히고 몸이 떨리고… 아마 병원이었다면 안정제를 달라고 했을 거야. 그치만 나는 병원이 아니었고, 이건 증상이 아니라 그냥 슬픈 것이라고, 내가 잘 회복해서 나왔던 것처럼 친구도 그럴 수 있을 거라고 믿으면서, 씩씩하게 걸어 나갔어. 그리고 해야 할 일들을 했지. 요즘 나 진짜 바쁘거든.

어쩌면 우리가 꿈꿨던 미래에 내가 와 있는지도 모르겠어. 꾸준히 글을 쓰고, 초고를 잘 운영하고, 그러면서 마음도 잘 돌보고. 그런데 너는 어디에 있어?

이틀 후 약속한 정원에 갔어. 창문은 쉽게 찾을 수 있었어. 거기만 보호 난간이 설치되어 있었으니까. 한참을 올려다봤어. 그 안에 내 친구도 있고 너도 있고 석이랑 원이 백설이 미연 언니 은주 언니도 콧수염 아저씨 대머리 아저씨도 거동이 불편하던 이름 모를 환자도 나도 있다고 생각하면서. 모두에게 안부를 물었어. 여전히 그곳에는 사람들이 있어. 우리가 그랬던 것처럼 두 번째 유년기를 보내고 있겠지. 우리가 그랬던 것처럼 어리둥절하게 세상에 나와서 처음 사는 것처럼 하나하나 다시 배우겠지. 우리가 그랬던 것처럼 다시 태어나려고 기다리는 사람들. 그들을 향해 크게 손을 흔들었어.

안녕 안녕 모두 잘 살아야 해.

*

*

모든 미래의 나는

모든 과거의 나를

사랑할 것이다

** 몬스테라 살리기

화곡동 우리 집에는 세 종의 생물이 산다. 스물아홉 살 인간인 나와 열 살 고양이 '마루', 다섯 살 고양이 '반달', 그리고 이름 없는 식물 몬스테라가 있다. 몬스테라는 몬스테라속(屬) 30종 중 하나의 이름이다. 내가 그를 몬스테라라고 부르는 건 마루와 반달이에게 고양이야, 라고 부르는 것과 다르지 않을 것이다. 하다못해 전기자전거도 '아메바'라는 이름이 있었는데(아메바컬쳐와 일한 돈으로 샀기에) 반려 식물인 몬스테라에게 이름을 지어주지 않은 건 그가 이렇게까지 오래 살 줄 몰라서였을 것이다. 잘 키울 생각 없이 어떻게 데려왔지? 몬스테라를 산 건 막 망원동으로 이사했을 때였고, 봄기운에 취해 스스로를 과신했던 것 같다.

망원동 그 집은 놀러 오는 친구마다 '음기가 가득하

다'고 평했다. 낡은 빌라 꼭대기 층인데도 더워지는 법이 없었다. 한여름에도 에어컨을 틀지 않아도 되었다. 복도 계단은 늘 한 박자 늦게 불이 들어오고, 베란다에서는 점집 깃발들이 서너 개 내려다보였다. 향을 피우지 않아도 집 안에 향냄새가 가득했다. 창이 큰데도 들어오는 빛은 서늘했다. 음지식물이라는 몬스테라는 그 집에서 무섭도록 잘 자랐다. 나 또한 새 마음으로 매일 아침 물구나무를 서고, 망원시장에서 산 싱싱한 재료들로 밥을 해 먹으며, 어쩌면 이 집의 정적인 기운이 나와 잘 맞는지도 모른다고 생각했다. 몬스테라는 데려온 지 한 달도 되지 않아 분갈이를 해야 할 정도로 무럭무럭 자랐다. 새 화분으로 옮긴 직후 몬스테라는 가장 생기 있었고, 내 우울증이 점차 심해지며 덩달아 서서히 말라갔다.

살기 싫을 때 화분에 물 주기만큼 귀찮은 일이 없다. 고양이 감자 캐고 사료 채우기와 식물에 물 주기는 다른 차원의 일이다. 몬스테라는 당장 며칠 물을 주지 않아도 기척 없이 살아 있다. 내가 나를 며칠간 방치해도 죽지 않는 것처럼. 먹을 힘이 없어 굶고 굶다가 배고파 도저히 잠이 안 올 때 냉동 도시락을 돌려 먹듯, 모든 잎사귀가 축 늘어지고서야 물을 주었다. 키운다기보다는 살려두는 일에 가까웠다. 몬스테라와 함께 시들었다 살아났다 하다 보니 몬스테라의 상태가 내 건강의 지표가 되었다. 병동에서 막 퇴원했을 때 몬스테라는 모든 잎을 돌돌 만 채 잔뜩 웅크리고 있었다.

돌아오니 모든 게 원점이었다. 오히려 더 절망적이었다. 병동에서는 먹여주고 재워주고 제때 약까지 주었는데 이 모든 걸 스스로 해야 한다니. 입원 전과 단 하나 달라진 점이 있다면, 스스로 삶을 끝낸다는 건 정말, 정말 쉽지 않다는 걸 알게 된 것이다. 죽음에도 운이 따라줘야 한다. 어설프게 시도한다면 또 응급실에서 깨어나 그 모든 난리를 다시 겪어야겠지. 어차피 죽지 못한다면, 고통스럽게 살고 싶지는 않았다. 고통스럽게 살지 않으려면 청소도 해야 하고, 운동도 해야 하고, 좋은 마음으로 일해야 하며, 무엇보다 살기 싫다는 생각을 떨쳐버려야 한다. 아는데. 아는데도. 막상 아침에 눈 뜨면 살기 위해 수행해야 할 뒤치다꺼리들이 죄다 버거워서 무엇도 시작하기 어려웠다. 돌아온 그곳은 원점이 아니었다. 심각한 마이너스에서 조금 덜한 마이너스 지점으로 온 것이다. 원점, 그러니까 대다수 사람들이 평범하게 살아내는 그 지점. 배고플 때 밥을 먹고 일정 시간 잠을 자고 깨어 있을 때 생산적인 일을 하는 일상은 가만히 기다리기만 해서는 찾아오지 않았다. 뭐라도 해야겠는데 아무것도 할 수 없을 때, 그나마 할 수 있는 일은 몬스테라에 물 주기였다.

일단 몸을 일으켜 몬스테라에 물을 준다. 그러고 나면 설거지를 할 기운이 난다. 일단 몸을 일으켜 몬스테라 잎사귀를 닦는다. 그러고 나면 계란간장밥을 만들어 먹을 수 있다. 일단 몸을 일으켜 몬스테라에 물을 준다. 그리고 청소기를 한 번 돌린다. 그때쯤 나는 '구역 청소'라는 말을 만들어냈는데, 한 번에 집을 치우기는 어려우니 한 구역씩 청소하는 것이었다. 오늘은 화장실, 오늘은 옷 방, 오늘은 창틀, 이런 식으로. 당시 내 일상은 오로지 몬스테라 돌보기와 퍼즐 맞추기를 중심축으로 돌아갔다. 몬스테라가 연둣빛 새잎을 하나 틔울 때쯤 겨우 일터로 복귀할 수 있었다.

회복의 그래프가 완만한 상승 곡선을 그린다면 참 좋겠건만. 바이오리듬처럼 일정한 간격으로 왔다 갔다 하며 점차 기준선이 높아지기라도 하면 더 바랄 게 없겠건만. 회복의 그래프는 어느 순간 훅 떨어졌다 조금씩 나아지고, 그 상태에서 한참 머물며 또 온 힘을 내서 점프했다가 고꾸라지고, 아 씨발 죽고 싶다, 못 살겠다, 하다가 견뎌내면 견뎌낼수록 조금씩 올라가는 주식 그래프에 가까웠다. 아무래도 터가 문제인 걸까. 정말 친구들 말대로 집에 음침한 기운이 흐르는 걸까. 터가 문제가 아니더라도 그 모든 사건사고들로부터 멀어지고 싶었고, 그래서 아무 연고 없는 화곡동으로 이사했다. 숨만 겨우 붙어 있는 몬스테라와 함께.

집들이 겸 시 모임을 하러 온 잠잠이 선생님은 책장 위에서 바짝 마른 몬스테라를 발견하고는 어쩌다 저렇게 됐냐고 물었다. 그러게요… 어쩌다 저렇게 됐을까요…. 선생님은 지금이라도 샤워시키고 볕을 쬐게 해주면 살아날 거라 했다. 내가 움직이지 않자 선생님은 직접 화분을 들고 싱크대로 갔다. 등목시키듯 수돗물을 콸콸 틀고 몬스테라를 그야말로 '박박' 씻겼다.

"몬스테라는 일부러 죽이기도 어려워요."

일부러 죽이기도 어려운데 죽은 거라면, 그건 내가 죽이고 싶었던 거겠죠…. 여전히 회의적인 내게 선생님은 물 주는 게 귀찮으면 수중재배를 하라 권했다. 검게 썩은 뿌리들은 모두 잘라내고, 최소한의 뿌리만을 남겨서 병에 꽂아두라고.

다음 날 나는 선생님 말씀대로 몬스테라를 화분에서 뽑아내어 모임원들과 나눠 마셨던 와인 병에 옮겨두었다. 딱히 살리고 싶은 생각은 없었지만, 선생님이 이렇게까지 심폐소생술을 해줬는데 적어도 살리려는 노력은 보여주고 싶었다.

몬스테라는 정말 살아났다. 말았던 잎을 펼치고, 회생불가한 이파리는 스스로 떨어뜨리고, 엉킨 뿌리를 분리해서 새끼까지 쳤다. 몬스테라가 낳은(?) 작은 몬스테라는 다른 와인 병에 담아 상담 선생님께 입양 보냈다. 얘 보통 애가 아니에요. 몇 번이나 죽었다 살아났던 애예요. 선생님은 자신은 식물을 키워본 적 없다며 한사코 도로 가져가라 했지만 상담이 끝나고 깜빡한 척 놓고 왔다. 일주일에 한 번 상담실에 갈 때마다 몬스테라의 안부를 확인한다. 몬스테라의 곁에 식물용 등이 놓여 있는 걸 보고 조금 웃었다.

며칠 전에는 몬스테라가 공중 뿌리를 길러낸 것을 보았다. 뿌리의 끝이 옆에 둔 꽃다발에 꽂혀 있는 걸 보고 기겁했다. 와인 병의 물을 다 마신 몬스테라가 꽃다발 포장지에 고인 수분을 빨아먹고 있었던 것이다. 그곳에 물이 있다는 걸 대체 어떻게 안 걸까. 뿌리는 포장지에 단단히 엉겨 붙어서 잘 떼어지지 않았다. 뿌리의 끝부분을 만져보니 지렁이처럼 물컹하고 연했다. 생생하게 살아 있었다. 모든 생명은 살고 싶어 한다는 말이 실감났다.

몬스테라의 이름을 고민하며 아침으로 야채수프를 끓였다.

** 연수와 나

가장 친한 친구가 누구냐고 물으면 주저 없이 연수라고 말했다. 나는 연수와 초등학교 3학년 때부터 친구인 줄 알았는데 연수는 5학년 때 내가 다니던 학교로 전학 왔다고 한다. 언제 어떻게 친해졌는지는 모르겠고 어느 시점에 우리가 확실하게 단짝이 되었는지는 기억한다. 6학년 때 내가 연수네 집에 전화를 걸어 놀이터에서 놀자고 했는데, 동생이 태어나서 안 된다는 얘기를 들었을 무렵부터였다. 연수의 막내 동생은 이제 중학교 3학년이 되었다. 한 사람이 살아온 인생 내내 우리는 친구였다. 살아온 날들 중에서 서로를 모르던 시절보다 아는 시절이 더 오래되었다는 말이기도 하다.

질 좋은 대화를 채 익히지 못한 아이들은 어떻게 서로를 알아볼까. 무슨 말을 해도 애들을 웃기는 연수와 조용한 애치고는 친구가 많았던 내가 어떻게 그렇게 붙어 다녔는지 그때는 몰랐다. 모르는 채로 초등학교와 중학교 고등학교를 모두 함께 다녔다. "우리는 뇌를 공유한 사이야." 언젠가 연수가 우리 사이를 정의한 후로 정말 그렇게 되었다. 중학생 땐 독서실 화장실에서, 고등학생 땐 불 꺼진 계단에서 온갖 잡다한 얘기를 나눴다. 좋아하는 남자애 얘기부터 배우고 싶은 것, 가보고 싶은 나라, 성인되면 가장 먼저 할 것들… 우리는 우리가 무엇을 원하는지 조금씩 알아가고 있었다.

평범한 애들 중에서 비범한 애. 비범한 애들 중에선 평범한 애. 그 애매함이 우리를 미치게 하고 들끓게 만들었다. 우리는 서울에 가지 않으면 안 되었다. 연수는 뮤지컬을 배우러 일주일에 한 번씩 서울을 오갔고, 나는 방학 때 서울에 있는 기숙학원에 들어갔다. 우리가 자라온 작은 도시 포항을 떠나는 게 공통된 목표였다. 연수가 7반 반장이었을 때 나는 8반 반장이었고 연수가 배드민턴부장이었을 때 나는 방송부 아나운서였다. 연수가 춤을 추다가 무릎이 돌아갔을 때 나는 힙합 음악에 맞춰 손가락을 아래위로 흔들다 책상에 찧어 인대가 늘어났다. 각기 한쪽 다리와 한쪽 손에 붕대를 감고 등교하는 우리를 보고 체육 선생님은 둘이 싸웠냐고 묻기도 했다. 연수와 붙어 다닌 고등학교 3년 동안 나는 범생이들 중에서 가장 웃긴 애가 되었고 연수는 웃긴 애들 중에서 가장 공부를 잘하는 애가 되었다.

바라던 대로, 고등학교를 졸업하며 연수와 나는 포항을 떠났다. 연수는 무슨 바람이 불었는지 철학과로, 나는 신문방송학과 진학을 위해 사회과학학부로 입학했다. 내가 서울에서 전국 각지에서 올라온 진짜 비범한 애들에게 열패감을 느낀 뒤 학교를 점차 나가지 않게 되는 동안 연수는 대구에서 자신의 세상을 조금씩 만들어갔다. 활동가들과 어울리더니만 노동권과 페미니즘을 공부했고, 연극 동아리에 들어가더니 틈틈이 공연을 올렸다. 사는 지역은 달랐지만 계절에 한 번씩은 만나 서로의 뇌를 공유했다. 그 무렵 나는 페미니즘을 주제로 연수와 종종 다퉜다. 여자도 군대에 가야 진짜 공평한 게 아닐까? 그렇게 날 세워 말하면 사람들을 설득할 수 있겠어? 결국 그 페미니즘이라는 사상은 사회를 분열시키는 게 아닐까? 하고 말하는 애가 나였다. 물론 지금은 그때를 회상하며 두고두고 놀림받지만…. 나는 연수의 말들을 이해하지 못했다기보다는 나보다 더 정확하게 사회를 진단하고 빠르게 행동하는, 더 넓어진 세계에서 조금 낯설어진 연수를 받아들이기가 어려웠던 것 같다. 그렇게 싸우고서도 우리는 늘 같은 침대에서 잤다. “지그재그로 자자.” 그 말은 오늘은 편하게 자고 싶으니 반대로 눕자는 것이다. 내 머리 옆에 연수의 발이 있는 게, 내 발 옆에 연수의 머리가 있는 게 거북스럽지 않았다. 거대한 고양이 마루가 종종 우리 사이를 비집고 들어와 함께 잤다.

어느 밤에 연수는 이런 말을 했다.

“내가 잘 생각해봤는데… 네가 사막에 간다고 해도 나는 널 따라갈 거야.”

연수는 내가 진짜 사막에 갔을 땐 움직이지 않더니만 병동에 있을 때 따라오려 했다. 내 집에서 머물렀던 하루 내내 자기도 똑같은 짓을 해서 함께 입원할까 생각했다고. 그 말 한마디로 나는 연수의 처신을 어렴풋이나마 이해할 수 있게 되었다. 왜 그렇게 비겁하게 굴었냐고 따져 물을 수 없었다. 너도 무서웠겠지. 너도 나처럼 어디로든 도망가고 싶었겠지. 주변을 살필 겨를이 없었겠지. 너는 늘 나보다 내 감정을 세밀하게 알아차리고 더 분해 하고 더 슬퍼했으니까. 내가 아플 때마다 너는 내가 되어주려 했으니까. 여러 편으로 쪼개진 친구들과 뭐부터 해야 할 줄 모르는 엄마 사이에서 많이 외로웠겠다. 내가 보고 싶었겠다. 이런 얘기를 얼굴 보고 나누지는 못했다. 그 소동에 대해 이야기하는 건 암묵적으로 금기시되었다. 마치 없었던 일처럼. 상대가 읽든 말든 웃긴 짤들을 카톡으로 보내놓고 대화창을 메모장처럼 썼다. 술집에서 만나면 웃기거나 답답하거나 화나는 일에 대해 얘기 나누다 헤어졌다. 나는 연수가 잘 지내는 줄 알았다.

하루는 너무 우울해서 커터칼로 살을 그어보려 했다는 연수의 얘기를 듣고 말문이 막혔다. 죽고 싶다는 생각이 끊이지 않는다는 말을 듣고 어지러웠다. 연수가 자주 우울감을 느낀다는 건 알고 있었지만… 우울을 느끼지 않는 20대 여성이 있는가. 이 사회에서 그게 가능한가. 내 친구들은 대부분 정신과 약을 복용한다. 내가 어디까지 무너지고 어디서부터 시작해서 어떻게 견디고 있는지, 얼마나 후회하는지 연수는 가장 가까이서 보았으니까 연수만큼은 우울이 일상을 망가뜨리도록 두지 않을 것이라 생각했다. 그러나 사람은 쉽게 전염된다. 사랑하는 사람에게는 더욱 더 쉽게.

우선은 연수의 상태가 어떤지 알아야 했다. 죽고 싶다는 생각 안에 어떤 감정들이 속해 있는지, 그 상태가 얼마나 오래되었는지, 자신을 통제할 수 있는지 나는 알 수 없었다. 내가 입원했던 대학병원을 소개해줬고, 몇 차례의 진료 후 연수는 입원을 권유받았다. "나는 너처럼 자살 시도를 한 것도 아닌데 입원할 정도인 걸까?" 묻는 연수에게 상담 선생님이 해준 말을 전했다. 우울증 환자의 충동성이 극으로 달했을 때, 죽어야겠다는 생각에서부터 실제로 실행하기까지 10분이 안 걸린대. 네가 생각하는 것보다 너는 더 위험한 상태일 거야. 다행히 얼마 지나지 않아 병동에 자리가 났고, 연수의 입원 일자가 잡혔다.

그렇게 다시, 다시는 가지 않을 것이라 여겼던 대학병원에 왔다. 포항에서 올라온 연수의 아버지와 함께였다. "친구 보면서 좀 좋은 거 따라하면 좋으련만 이런 걸 따라하냐"고 연수의 아버지는 웃으면서 말했다. 진료실로는 가족만 들어갈 수 있다는 말에 순간 내가 연수의 여동생이라고 말해버렸다. 입원 절차와 규율에 대한 안내를 듣고, 동의서에 연수와 아버지가 각자 서명을 했다. 병원이 집에서 10분 거리이니, 병동을 오가며 간식을 넣어주거나 빨래를 교환해주는 일은 내가 맡기로 했다. 공중전화로는 가족들에게만 전화할 수 있지만 수신자 번호가 기록에 남지 않으니 필요한 게 있으면 내 번호로 전화하라고 했다. "마, 경력직은 짬바가 다르네." 연수는 끝까지 나를 웃겼다.

수속을 모두 마치고 병동이 있는 층까지 올라갔다. 나 또한 같은 절차를 밟고 병동에 들어왔을 텐데, 과정이 하나도 기억나지 않았다. 간호사실로 들어서니 그곳에서 엄마와 면회를 했던 기억이 떠올랐다. 엄마에게 어떤 말을 들었는지도 기억났다. 소매에 몰래 넣어 전하려 했던 편지의 내용도. 잘 회복하고 나와서 너희 앞에 웃어 보이겠다고 했었지. 이제 편지의 수신자들 중 연수밖에 남지 않았다. 경력직으로서 할 수 있는 모든 것을 해주겠노라고 다짐했다. 여전히 여동생인 척하며 면담에 임했다. 언니가 우울하다는 건 알고 있었지만 평소에 대화를 잘 안 해서 어느 정도인지 몰랐어요. 잠이 안 올 때 맥주를 몇 캔씩 마시는 건 알았는데 얼마나 자주인지는 모르겠어요. 나는 선생님이 묻는 대부분의 질문에 "모르겠어요"라고 말할 수밖에 없었다. 결정타로, 나이가 몇이냐는 질문에 "모르겠어요"라고 답했다가 내가 동생이 아니란 걸 들키고 말았다. 이전에 입원했던 환자고, 연수의 친구라고 이실직고했다. 선생님은 그제야 내 얼굴을 똑바로 보더니 "아! 연지 씨!" 하고 알아봐주었다. 그리고 곧바로 병동 밖으로 내쫓겼다. 몰래 연수에게 전화하라는 손짓을 하고 손을 흔들며 나왔다.

면담실을 나온 연수 아버지는 순식간에 표정이 어두워졌다. 연수도 나를 만나 실컷 떠들고 집에 돌아와서 이런 표정을 지었을까. 걱정 마시라고, 안에 노래방 기계도 있으니 연수는 분명 신명나게 놀고 쉬다가 나올 거라고 일러줬다.

"저도 그곳에서 많이 나아져서 이렇게 잘 지내잖아요."

연수는 일주일이 안 되어 퇴원했다. 너무 답답해서 오히려 더 안 좋아지는 것 같다고, 자기가 있을 곳이 아닌 것 같다고 했다. 그리고 교수님도 다른 환자들에 비해서 자신을 심각하게 생각하지 않는 것 같다고. 짐을 바리바리 싸들고 나와 "마! 함 찍먹 해봤다!" 하고 웃는 연수의 등짝을 한 대 때려주려다 말았다. 뭐… 그럴 수도 있지. 외향인 중에서도 외향인이니까 갑갑했겠지. 연수는 입원한 첫날에 〈백만송이 장미〉를 불렀다고 한다.

죽고 싶다는 생각에서 죽기까지는 한 끗이니까 생각보다 괜찮다는 연수의 말을 믿지 않았다. 평소보다 더 자주 카톡을 확인하고 휴대폰 벨소리를 무음에서 진동으로 바꾸었다. 힘들다고 하면 만나러 가고, 만나러 갈 수 없는 상황이면 초고로 오라고 했다. 나에게 서운했던 것들을 말하면 사과했다. 내 생활은 점차 연수의 감정을 중심으로 돌아갔다. 연수를 잃을까 봐 정말로 무서웠다. 그래도 한 달쯤 연수의 생활을 가까이서 지켜보니, 간이 상할까 봐 술을 마시고는 절대 약을 먹지 않고 영양제를 챙겨 먹는다는 것을 알게 되었다. 곧 죽을 사람이 몸 상할 것을 걱정하진 않겠지… 생각하며 점점 신경을 덜 썼다. 마침 일이 바빠져 연수의 연락을 자주 놓쳤고, 약속을 잡아놓고도 까먹기 일쑤였다. 그러다 일이 터지고 말았다.

그날은 연수가 오마카세를 사주기로 한 날이었다. 7시 예약이었고, 나는 친구를 만나러 대전에 내려와 있었다. 날씨가 참 좋아서, 그 애도 참 좋아서, 친구와 시간 가는 줄 모르게 산책을 하는 사이에 예약해둔 기차를 놓쳤다. 대전과 서울은 배차 간격이 10분 차이니까 다음 기차를 타면 될 것이라 안일하게 여겼다. 그러나 역으로 가니 어떤 이유에서인지 기차 배차 간격이 한 시간이었다. 아무리 빨라야 8시쯤 도착할 수 있을 것 같았다. 연수에게 연락해 식당 예약시간을 미뤄달라고 부탁했지만 오마카세는 단체 코스라서 시간 변경이 안 되었다. 나는 그제야 오마카세의 개념을 떠올렸다. 미안하다고, 다음 주에 내가 사겠다고 싹싹 빌었고 연수는 별 수 없이 사과를 받아주었다.

그리고 한 시간 뒤, 연수에게서 전화가 왔다. 열차의 통로 칸이라 목소리가 잘 들리지 않았다. 다음 주 오마카세 시간 약속을 잡는 것 같았는데, 다음 주라는 말을 계속 반복했다. 그리고 자신이 왜 전화를 했냐고 내게 물었다. 직감적으로 알았다. 너 아무 것도 하지 말고 가만히 있어. 그렇게 말하고 바로 연수의 동생에게 전화해 집으로 가달라고 했고, 119에 전화했다. 감정의 차단기를 내렸다. 지금부터 나는 무엇을 해야 할지만 생각하는 거야. 할 수 있는 것만 생각하는 거야. 머릿속으로 되뇌었다. 구급 대원에게 연수와 마지막으로 나눈 카톡 내용과 전화가 온 시각을 알려주고 예상되는 섭취약을 말했다. 다시 연수의 동생에게 전화해 나보다 119가 먼저 도착할 것 같으니 이송될 병원이 정해지면 알려달라고 했다. 다행히 동생은 침착했고, 상황을 착실하게 보고해줬다. 근처의 응급실이 모두 차 있어서, 서울을 가로질러 또 그 대학병원으로 향하는 중이었다.

연수가 미웠다. 원망스러웠다. 화가 났다. 왜 그랬어. 그런 걸로 어차피 못 죽는 거 알면서. 뭐 어쩌자는 거야.

어떻게 나한테 이러니. 내가 뭘 해줘야 하니. 나에게 어떤 죄책감을 안겨주려고 이런 짓을 한 거야. 머릿속으로 온갖 욕지거리를 내뱉고 나서는 미안한 감정이 밀려들어왔다. 모든 게 다 미안하고 후회스러웠다. 안일하면 안 됐는데. 좀 더 살폈어야 했는데. 정신 바짝 차리고 너를 돌봤어야 했는데. 뭐 그리 일이 많다고. 뭐 그리 정신없다고. 기차만 놓치지 않았더라도. 내가 너를 조금만 더 생각했더라도. 그리고 너무 무서웠다. 혹시나 깨어나지 않을까 봐. 정말 너를 잃을까 봐. 다리를 달달 떨며 응급실 앞 로비에서 연수를 기다렸다. 그리고 1년 전의 나를 생각했다. 내가 혹시 너의 마지막 끈이었을까. 그게 툭 끊어져버렸던 거야?

동생과 교대로 연수의 곁을 지키며 밤을 보냈다. 다행히 위세척으로 거의 모든 약이 나왔고, 수액만 다 맞으면 퇴원할 수 있었다. 연수는 내내 멍했다. 내게 전화를 걸었던 것도 기억하지 못했다. 그저 너무 피곤하다고 했다. 동생을 택시에 태워 집으로 보내고 연수를 우리 집으로 데려왔다. 다음 날 병원에서 검진이 있기 때문이었다. 연수를 재우고 연수의 어머니께 전화를 걸었다. 최대한 침착하게 오늘 하루 있었던 일들을 보고하고, 아무래도 다시 입원을 하는 게 좋을 것 같다고 말했다. 다음 날 내가 일어났을 때, 연수는 없었다. 뭐라고 연락해야 할까. 나는 또 아무 일 없던 것처럼, 간밤에 내가 네 머리채 잡아서 네가 탈모 오는 꿈을 꿨다고 문자를 보냈다. 그 말이 도화선에 불을 붙였다. 서로에게 가장 상처 주는 말을 했다. 처음으로, 다시는 보지 말자고 했다. 그러기로 했다.

가족 같다는 말은 참 징그럽다. 가족 같다는 말이 교묘하게 은폐하는 폭력을 생각하면 나는 연수가 가족 같진 않다. 자매 같다. 공동의 적이 있을 때 강해지고 서로의 가장 약한 부분을 알고 있어서 얼마든지 상처 줄 수 있는 사이. 함께 나고 자라서 어쩔 수 없이 사랑하는 관계. 남동생밖에 없는 나는 늘 자매가 있기를 바랐고 연수가 내게 그런 존재였다. 그러니 연수를 끊어내는 것은 상상할 수도 없는 일이었다. 연수와 싸우고 난 뒤 매일 꿈에 연수가 나왔다. 울며 악지르는 모습이 반복 재생되었다. 어느 날은 연수가 나를 쫓아와 도망가기도, 내가 연수를 쫓으러 뛰어가기도 했다. 악몽 속에서 엎치락뒤치락했다. 배경은 늘 초등학교였다.

연수와의 일을 내면에서 정리하는 게 한동안의 상담 과제였다. 제가 뭘 어떻게 했어야 했나요? 왜 그렇게까지 연수가 저에게 서운해 하고 사납게 굴었던 걸까요? 와달라 하면 가주고, 힘들다 하면 술 마셔주고, 할 수 있는 건 다 했는데. 입원 수속부터 부모와의 연락까지 제가 다 도와줬는데. 약속 한 번 펑크 냈다고 저를 이렇게나 원망하는 게 도무지 이해 안 돼요. 아, 한 번은 아니지만…. 그렇게 말했을 때 상담 선생님은 줄듯 말듯 하는 사랑이 연수를 더 괴롭게 했을 거라 했다. 일관적인 태도로 돌볼 수 없다면 돌보지 않느니만 못하다는 것이다. 그렇지만 죽고 싶다고 하는데 안 갈 수는 없잖아요… 이러지도 저러지도 못하는 상태가 미칠 것 같아요. 선생님은 내게 무엇을 하고 싶으냐고 물었다. 연수를 돕고 싶어요. 그런데 이제 할 수 있는 게 없어요. 선생님은 스스로 도움을 줄 수 있는 선을 정하고 그 이상으로 도와주지 않는 것, 그러니까 거리를 두며 연수를 돌볼 자신 없으면 당분간 연락을 하지 않는 게 좋을 것 같다고 했다. 선을 긋고 돌보는 게 가능한가? 자신 없었다. 차선책으로, 내가 밉겠지만 그래도 너무 힘들 때면 나를 꼭 찾아달라는 내용을 문자로 보냈다.

이러나저러나 나를 용서하는 일이 제일 힘들었다. 머리로는 알겠는데, 죄책감이 쉽사리 사라지지 않았다. 이 죄책감을 나를 돌봤던 친구들 또한 느꼈을 거라고 생각하니 더 괴로웠다. 선생님은 내가 무슨 말을 하든 일관되게 말해주었다. 내 잘못이 아니라고. 사람이 사람에게 얼마큼의 영향력을 행사할 수 있을 것 같냐고. 누구도 누구 때문에 어떻게 되는 일은 없다고. 그리고 나에게 되물었다.

연지 씨는 1년 전 그 일이, 친구들 때문이라고 생각하나요?

아니요. 그들은 할 수 있는 일을 모두 다 했어요.

그래서 어떻게 되었죠?

그래도 어쩔 수 없었죠.

그런 거예요.

그리고 한 달 뒤, 연수로부터 문자가 하나 왔다. 아이폰을 새로 샀댄다. 아… 가족 같다는 건 이런 거지 참. 징그럽게도. 그 연락이 너무나 반가웠고 안심되었다. 연수는 포항에서 가족과 지내고 있었고, 다시 입원을 결정했다고 했다. 너 어디야. 지금 갈게. 전화를 걸려다가 꾹 참고 퇴원하면 연락 달라고 답장했다. 두부 사들고 가겠다고.

** 복도 끝에 있을게

퇴원 후 절반이 사라진 자리에 새로운 친구들이 들어왔다. 동종 업계에서 보기 드문 또래라서, 이상한 글을 써서, 술을 중독적으로 좋아해서 등 어느 한 면이 나와 꼭 닮아 있는 자들과 가까워졌다. 축축한 마음이 조금씩 말라가던 시기에 세미를 알게 되었다. 같은 연도 하루 차이로 태어난 세미와 나는 살아온 굴곡이 나란해 보였다. 경상도에서 태어나 같은 시기에 서울에 왔고, 같은 시기에 서울을 떠났고, 같은 시기에 자기 작업을 일구기 시작했고, 진창에 빠져 있던 시기도 비슷했다. 나는 태양, 세미는 불. 정말 사주는 과학인 걸까. 무엇보다 우리는 시를 쓰며 가까워졌다. 가장 먼저 서로의 시를 읽고 눈을 밝혀 피드백을 하고, 자기 혐오에 빠져 있을 때마다 더 힘센 감탄으로 북돋아줬다. 우리 둘에게 시가 너무 커다랗고 소중해서, 나는 인간 세미보다 시인 세미와 먼저 친해진 것 같다. 함께 수강료로 쏟은 금액이 100만 원이 넘어가며 드디어 인간 세미를 조금 알게 되었을 즈음, 그 또한 매일 난간 끝에 매달려 있다는 것을 알게 되었다.

힘들 때 언제든 갈 테니 연락하라는 말은 효용이 없다는 걸 그때는 알고 있었다. 연수도 나도, 손 뻗을 힘조차 없을 때 그 손으로 자신을 찌르기만 했으니까. 주님… 또 한 명 갑니다. 참회하는 마음으로 입원을 권했다. 어떻게 말해야 유난스럽지 않을지 조심스러웠다. 생각보다 밥이 맛있다? 세미는 밥을 새 모이만큼 먹는다. 책을 실컷 읽을 수 있다? 세미는 집에서도 책만 읽는다. 입원의 여러 이점을 떠올리다가 그냥 우리에게 한 번 기회를 주는 것뿐이라고 딱 그 정도라고만 말했다. 나에게 폐를 끼치고 싶지 않아서, 입원할 정도로 심각한 상태인지 모르겠어서, 정말 쉬어도 괜찮을지 두려워서, 그 밖에 여러 이유들로 세미가 입원을 고민하는 동안 되도록 말을 아끼려 애썼다. 병원에서 10분 거리에 사는 내가 힘 들이지 않고 할 수 있는 일들을 알려줬다. 결정한 후로 세미는 하던 일을 정리하고, 자동응답 이메일에 내 연락처를 쓰고, 여분의 수건과 속옷을 사며 차분하게 입원을 준비했다. 연수에게 못 준 도움을 세미에게는 넘치게 주고 싶었다.

"이 정도면 저 정신병동에서 소개비 받는 줄 알겠어요…."

병원 로비에서 세미 어머니와 커피를 마시며 나와 연수의 경험을 이야기했다. 몇 시에 자고 몇 시에 일어났는지, 밥은 어떻게 나오는지, 휴게 시간엔 무엇을 했는지, 면담에선 어떤 이야기를 나누는지, 어떤 게 불필요하고 어떤 게 필요한 검사인지 상세하게 전했다. 어머니가 세미를 보는 눈빛이 참 따스해서 안심이 되었다. 행여 우리가 불편할까 자리를 비켜주셨던 아버지가 오시고, 마지막으로 인사를 나눴다. 세미를 꼭 안아주었다. 잘 쉬다가 와. 입원 수속을 밟으러 가는 세미의 가족들을 뒤로 하고 병원 밖으로 나오니 목울대께가 시원했다. 이번에는 내가 할 수 있는 일이 있었다.

살려두는 것 이상으로 나에게 뭘 해줄 의욕이 나지 않는 것이 우울증일까. 일이 생기면 그 일을 위해 최소한의 차림새를 다듬고 밖으로 나가는 것. 일 끝나고 집에 돌아와 내 마음과 꼭 닮은 집 상태를 마주하면 서러워지는 것. 이건 어쩌면 병이 아니라 습관이나 삶을 대하는 태도가 잘못된 방향으로 고착화된 게 아닐까. 그런 생각들로 매일 아침을 시작했다. 세탁기를 돌리지 않아 같은 수건을 쓰고 말리고 또 썼다. 싱크대에서 구더기 냄새가 올라올 때가 되어서야 설거지를 했다. 그러나 돌볼 사람이 생기자 살림을 그렇게 내팽개쳐둘 수 없었다. 세미를 생각하면 몸을 움직여야 했다. 세미의 빨래를 돌리며 나의 빨래도 돌리고, 세미에게 줄 과일을 깎으며 나도 과일을 먹었다. 세미를 돌보는 일이 꼭 나를 돌보는 일같이 느껴졌다.

세탁물과 간식을 한 보따리 들고 벨을 누르면 간호사 선생님이 세미의 물건을 실은 차트를 끌고 나왔다. 지난번에 넣어준 밀크티와 과자의 개수가 줄어든 것을 확인하고, 가져온 물건을 채워 넣는다. 늘 모자를 푹 눌러쓰고 마스크를 낀 채로 필요한 일만 처리하고 재빠르게 병원을 빠져나왔다. 그런데 어느 날은 익숙한 경상도 억양에 그만 고개를 들고 말았는데, 눈을 마주치자 그도 나도 한동안 얼고 말았다. 늘 밝고 스스럼없이 대해주어서 환자들 사이에서 '천사 선생님'이라고 불렸던 간호사 선생님이었다. "연지 씨 맞죠!" 선생님은 깜짝 놀라며 어이없는 듯 웃었다. "또 친구가 입원한 거예요?" 어쩌다보니 그렇게 됐네요. 하하. 근처 산다고, 퇴원하고 작은 병원으로 옮기고 상담도 받고 있다고 근황을 전했다. 선생님은 얼굴이 무척 좋아 보인다고 했다. 입원해 있을 때보다 5킬로가 쪘으니 그럴 만도 했다. 환자가 참 많았을 텐데 어떻게 다 기억하시냐고 묻자, 내가 입원했을 때 사람들 분위기가 좋았어서 선생님께도 좋은 기억으로 남아 있다고 했다. 석이는 연애를 시작했고 원이는 키가 나보다 커졌다고 하자 선생님은 믿기지 않는다며 활짝 웃으셨다. 이후로 간호사 선생님들 사이에서 내가 세미의 보호자인 게 알려졌는지, 물건을 주러 갈 때마다 다른 선생님이 나오셔서 안부를 나눴다. 주치의 선생님을 다시 만나 어색하게 안부를 나누기도 했다.

틈틈이 병원을 오간 지 한 달 정도 되었을 때 내 생활은 제법 산뜻해졌다. 집에 배인 악취가 사라지고 냉장고에는 신선한 채소와 과일들로 가득 찼다. 무엇도 밟히지 않는 거실에서 드립백에 커피를 내려 마시며 문득 살 만하다고 느꼈다. 언제 혼자 여기까지 왔지? 아, 혼자가 아니었지. 세미와 함께였지.

한 달 만에 본 세미는 한 달 전과 크게 다르지 않아 보였다. "어땠어?" 묻자 세미는 "뭐, 별거 없던데" 하고 되려 한 달 동안 내가 어떻게 지냈는지 궁금해 했다. 뭐, 별거 없었지. 나도 똑같이 말했다. 한 달 없어져도 정말 별일 없네. 별거 아니네. 그런 얘기를 나눴다.

"너는 대체 2주 동안 뭔 일이 그렇게 많았던 거야?"

"그러게…."

세미는 병동에서 차분하다 못해 따분했다고 했다. 하루에 두 시간씩 사이클을 타고, 책을 읽고 일기를 쓰고, 사람들이 노래를 불러도 시비를 걸어도 반응하지 않고, 가끔 울기도 하고, 하루에 한 번 밀크티를 마시며 한 달을 보냈다고 했다. 꼬깔콘이 그렇게 맛있는 줄 몰랐다며, 좀 나아졌을까 궁금했지만 나아진다는 게 대체 뭔가 싶었다. 죽고 싶다는 생각이 안 드는 거? 요즘도 가끔 죽고 싶긴 하지. 죽고 싶다기보다는 그만 살고 싶지. 달라진 건, 그런 생각이 10분 내로 사라질 거라는 것을 안다는 것이다. 그 10분을 기다려줄 수 있다. 그러고 나서 할 일을 한다.

"네 또래는 없었어?"

"있었어. 스무 살이었나. 나 이제는 자해 같은 거 안 하는데, 걔가 해서 나도 따라해본 적 있어. 그렇게 되더라."

"나도 그런 친구 있었는데. 걔는 너 만나서 좋았겠다."

그 친구와 연락처는 주고받지 않았다고 했다. 나도 진이의 연락처를 몰랐다면 이렇게까지 염려하고 보고 싶어 하지는 않았을 텐데. 환자끼리 연락처를 주고받지 못하게 하는 병동의 규칙이 납득이 되었고, 규칙을 어긴 게 조금 후회되었다.

세미에게 빌려주었던 책들을 책꽂이에 꽂던 와중에, 낯선 책 한 권을 발견했다. 에밀리 디킨슨의 『멜로디의 섬광』(파시클, 2020)이었다. 책 사이에는 봉투가 하나 끼어 있었다. 에이, 뭘 이런 걸… 하면서 신나게 현금을 세는데… 이거 왜 안 끝나? 절반은 세미랑 맛있는 거 사 먹고 절반은 돌려주어야겠다고 생각하며 책을 펼쳤다. 첫 페이지에 편지가 적혀 있었다.

> 네가 아니었다면 난 그곳에서 그렇게 오래 버티지 못했을 거야. 나의 힘도 있겠지만 그것 역시 연지를 생각하며 찬찬히 길러온 것이었어. 바쁜 일들을 다 마치고, 서둘러 내게 필요할 것들을 챙겨, 조금 서두르며 병원에 도착해, 내가 갈 수 없는 복도 끝에 서 있을, 선생님과 인사하며 물건을 건네어주고 또다시 받고, 그렇게 집에 돌아가 한숨 돌렸겠지. 그것들을 다 생각하면서 매일매일 조금 더 많이 웃고, 더

> 많이 움직이고, 더 많이 읽고 쓰면서, 조금 덜 해치려고 노력했어. 연지야, 있어줘서 고마워.

그 편지를 읽고 또 읽다가 어떤 다짐이 솟았다. 네 삶의 어디서든, 끝이라고 여겨질 때 그 너머에 내가 있을게. 어떤 내색도 없이 복도 끝에 서 있을게.

세미에게 답장을 보내는 대신 어머니께 감사를 전했다. 주신 돈 다 쓸 때까지 세미에게 밥을 지어 먹일게요. 나는 요리를 잘 하지 않고 세미는 밥을 새 모이만큼 먹으니까, 이번 생에서 어머니께서 주신 돈이 바닥날 일은 없을 것 같다. 그래도 세미의 생일 때만큼은 꼭 맛있는 것을 해 먹일 것이다. 그날은 나의 생일이기도 하니까, 함께 먹을 것이다.

** 수많은 타인들 틈에서

나를 사랑해야 남을 사랑할 수 있다니. 이리 보고 저리 봐도 이해가 안 된다. '횡단보도를 건널 땐 차를 조심하세요' 정도로 매끄럽고 사뿐하다. 자신을 사랑하지 못한 채로 타인을 사랑하면 뭐 어떤가. 타인의 사랑이라도 받아서 허기를 좀 채우면 어떤가. 진짜로 자신을 사랑하지 못하는 사람에게 저 말은 좀 가혹하지 않은가. 나는 나를 사랑하는가. 생각하며 담배를 피우다가 먹다 남긴 콜라 페트병에 꽁초를 빠뜨린다. 옷에 냄새가 밸까 얼른 콜라 뚜껑을 닫는다. 아, 나 방금 샤워했지. 외출 전에 향수를 뿌린다. P에게 좋은 인상을 남기고 싶다. 그가 나에게 좋은 인상을 남길 필요는 없다. 누구는 나보고 자신을 좀 아끼라 말할 수도 있겠다. 나는 내 몸을 다 쓰고 가고 싶다. 이런 생활이 건강하지 못하다고도 하겠다. 그런데 나는 지금 태어난 이래로 가장 건강하다. 누구는 없다. 누구는 나의 또 다른 나다. 한 걸음 떨어져 나를 보는 초자아다. 담배를 피우고 싶을 때 피우는 거랑 안기고 싶을 때 틴더 앱을 까는 거. 욕구를 해소하는 편이 오히려 건강한 삶 아닌가? 내 몸이 원하는 걸 채워주는 게 나를 사랑하는 일 아닌가?

'외로움이 무엇인지'에 대해 생각해보라니. 상담 후엔 도리어 반감이 든다. 나는 외로운가? 그렇지 않다. 질문을 바꿔본다. 나는 외롭지 않은가? 그렇지 않다. 사랑하고 사랑받을 땐 아무나 끌어안고 싶은 기분이 들지 않는다. 그렇다면 연애를 하고 싶은가? 그것도 아니다. 사랑하고 싶은가? 그렇다. 다시, 나를 사랑해야 남을 사랑할 수 있다는 명제로 돌아가 본다. 나는 나를 사랑하는가? 모르겠다. 질문을 바꿔본다. 나는 나를 사랑하지 않는가? 그렇지 않다. 이런 식이면 나는 나를 사랑하지 않지 않으니 결국 나를 사랑한다는, 껍데기 같은 변증만 남는다. 사랑이 상태인 것처럼 외로움도 마찬가지다. 오늘 나는 외로운 상태. 혹은 감정. 세상이 편리해져서 스와이프 몇 번이면 오늘 잘 남자를 고를 수 있다. 내가 잘나서가 아니라 틴더에는 고파 하는 자들이 많다. 사랑하고 사랑받는 것보다 욕망하고 욕망받는 게 더 쉽다. 그래서 P를 만나기로 한다.

P의 프로필은 단출했다. 연희동 작업실에서 술 한잔 해요. '연희동'과 '작업실'이 주는 뉘앙스를 어필했나 보다. 연희동 인적 드문 거리, 그는 가로등 아래에서 담배를 피우면서 나를 기다리고 있다. 제발 저 사람은 아니길. 당근 거래 기다리는 사람이길. 제발. 그가 나를 본다. 재로구나. 키는 170 좀 안 되어 보이고 사진보다 순한 인상이다. 안녕하세요. 춥지 않아요? 택시 타고 왔어요. 아. 어차피 곧 들어갈 텐데요. P는 작업실이라 했지만 내가 보기엔 그냥 원룸이다. 방음벽이 설치된 원룸. 피아노와 큰 모니터 두 대가 있는 원룸. 커튼으로 공간을 분리해놓았는데, 그 뒤엔 침대가 있겠지. 무드등도 있네. 저기 몇 명이 누웠다 갔을까? 방 한가운데 간이 식탁 위에는 두툼한 방어가 보기 좋게 세팅되어 있다. 우리 말 놓을까요? 잘 보일 필요 없는 이에게 말 놓는 건 쉽다. 이런 사이에 긴장감은 성가시다. 한 잔 두 잔 들어가니 그는 몇 번 본 친구 같기도 하다. 대화는 재미없다. 궁금하지 않은 사람의 이야기는 모두 재미없다. 나는 그가 빨리 피아노나 쳐주길 바란다. 그래서 어렸을 때 만든 노래를 허밍으로 들려준다.

오랜만이에요
못 본 사이에 어른이 되었네요
단정해진 머리가 잘 어울려요

어떻게 지냈나요
그 고민들은 좀 풀렸나요
다문 입술이 굳게 닫힌 문 같아
(…)
그대에게 내 어깰 내어주고 싶었는데
그대 옆에 있고 싶었는데
수많은 타인들 틈에서

사실 내가 그대 어깨가 필요했나 봐요
내 옆에 있어주길 바랐어요
수많은 타인들 틈에서

P는 노래를 듣는 동시에 노트에 코드를 받아 적었다. 그냥 한 번 자고 싶었을 뿐일 텐데 뜻밖의 노동을 하게 한 건가 괜스레 미안해졌다. 그는 노트를 들고 피아노 앞으로 가 앉았다. 나는 녹음 버튼을 눌렀다. 시작해봐요. 원, 투, 쓰리. 오랜만이에요. 못 본 사이에 어른이 되

었네요… P의 반주에 더듬더듬 노래를 부르고 나니 그와 자고 싶은 마음이 싹 사라졌다. 너무 좋아서. 그 음악이. 나는 포크 부르듯 불렀는데 P의 반주는 재즈였다. 꽤 취했을 텐데 그의 실력은 흠잡을 데 없었다. 이걸 공짜로 들어도 된다고? 머쓱하게 맞은편으로 돌아와 앉은 그와 건배하고 재생 버튼을 눌렀다. 목소리와 멜로디가 엇갈리는데, 정말 서툰데, 이상하게 애틋했다. 그런 걸 썼던 내가 좀 안쓰러웠다. 가능하다면, P에게 안기는 대신 그 노래를 만들고 있는 나를 안아주고 싶었다. 그는 일했더니 피곤하다며 커튼을 젖히고 침대에 누웠다. 나도 그 옆으로 가서 등 돌리고 누웠다. 그는 능숙하게 내 어깨를 돌려 안았다. 머리를 쓸어줬다. 따뜻하네. 눈물이 나려던 참에 입을 맞춰왔다. 아. 처음 본 남자한테 안기려면 섹스를 해야지 참.

틴더에는 작업실 있는 남자가 뭐 그리 많은지. 사진가의 작업실에서 엘피로 김광석을 들었고, 힙합 한다는 사람의 작업실에서 별 같잖지도 않은 랩을 들었고, 프리랜서 광고인의 작업실에서 공포 영화를 보기도 했다. 끝은 모두 섹스였다. 왜 작업실에 침대를 놓냐고. 그 작업이 그 작업이냐고. 누구나 하는 말처럼 사랑 없는 사이에서 섹스는 참 쉽다. 밥 먹고 이 닦듯이 고정된 순서

다. 그 무렵 잔 남자들 중에서는 매일 반찬을 만들어 우리 집으로 가져다주는 이도 있었고, 몇 번 비슷한 밤을 보내다 자연스레 연락이 끊긴 사람도 있었다. 연애를 고려했던 사람도 있었다. 사랑을 바라진 않았다. 취향을 공유받은 대가로 섹스를 지불하는 건 몸을 파는 거나 다름없었나. 피임 잘 했으니 됐지, 뭐.

어제는 녹음 파일을 뒤적거리다가 P와 만든 노래를 다시 들었다. 내 목소리만 지운다면 훌륭한 곡이었다. 좋네. 감흥 없이 듣다가 문득 그 노래를 부르는 내가 무척 외로워 보였다. 다시, 외로움에 대해 생각했다. 존 카치오포와 윌리엄 패트릭이 쓴 『인간은 왜 외로움을 느끼는가』(민음사, 2013)를 펼쳤다.

"술집이나 댄스 클럽을 찾는다는 것은 취하거나 즐길 상대를 만나고 싶어서라고 생각하기 쉽다. 그러나 실제로는 깊은 유대감을 다른 곳에서 찾지 못해 그런 곳을 기웃거리는 사람들이 많다. 따라서 시끄러운 음악 소리와 목청을 높이는 대화 속에서 진정한 유대감을 찾지 못할 가능성은 당연히 클 수밖에 없다. 그 결과 술집이나 댄스 클럽에서 자신의 통제력에서 벗어난 행동을 하기가 더 쉬운 것이다."

그렇지 뭐. 그런 거겠지. 머리로는 이해되지. 그러다 책장 한편에 『토요일 외로움 없는 삼십대 모임』(난다, 2020)이 눈에 들어왔다. 30대 되면 딱 읽으려고 샀는데 조금 이르게 꺼냈다. 책 뒷면에 이런 문장이 적혀 있었다.

"외로움이 뭘까? 죽어도 된다고 생각하게 만드는 것"

그걸 읽고 알았다. 그때 나는 외로웠구나. 당장 죽어도 여한 없다는 듯 몸을 다 쓰고 싶었으니까. 그리고 실제로 틈만 나면 죽을 방법을 궁리했으니까.

'작사한 나'와 '작사한 노래를 부른 나'와 '그 노래를 듣는 나' 사이에는 2년씩의 공백이 있다. 스물일곱의 나는 스물다섯의 나를 사랑한다. 스물아홉 지금의 나는 스물일곱의 나를 용서한다. 그러니 서른하나의 나도 지금의 나를 사랑할 것이다. 모든 미래의 나는 모든 과거의 나를 사랑할 것이다. 그렇다면 나를 사랑하는 일은 현재를 견디는 것만으로도 가능하다. 과거를 안아줄 미래의 내가 존재하기 위해, 살아 있기만 하면 된다.

불안한 와중에 불현듯 머리에 커다랗고 따스한 손이 얹어진 느낌이 들 때가 있다. 그건 미래에서 뻗은 나의 손일 거다. 과거이고 현재이자 미래인 나는 나를 사랑한다.

** 불면의 연대

잠이 오지 않는 밤이면 한때 SNS를 달궜던 '졸려'와 '잠 와'의 설전을 복기한다. 서울 사람들은 '졸려'가, 경상도 사람들은 '잠 와'가 익숙한데, 서로의 표현을 귀여운 척한다고 여긴다는 것이다. 경상도에서 장녀로 자란 나는 아무래도 '졸려'가 영 입에 붙지 않는데, 졸리다는 게 '힝 뇨려'로 느껴지기보다는 좀… 약하다는 입장이다. 서울살이 9년 차. 서울어와 사투리의 바이랭귀어로서 느끼는 뉘앙스 차이는 이렇다. 잠이 나를 뭉근하게 감싸오는 감각이 졸림이라면, 잠 온다는 건 잠의 주체와 객체가 철저하게 분리된 느낌이다. '잠 온다'에는 어딘가 불가항력적인 면이 있다. 잠은 '오는' 것이고 '와야 하는' 것이다.

졸린 상태에서는 책을 읽거나 글을 쓸 수 있지만 잠

이 오지 않는 상태에서는 아무것도 할 수 없다. 오늘과 내일 사이에 끼어 죽은 시간이다. 내가 내 몸 안에 갇힌 기분이다. 잠들지 못한 채로 세 시간쯤 지나면 방 안의 어둠이 가슴을 짓누른다. 다섯 시간째에는 맥락 없는 불안에 휩싸인다. 잠조차 오롯이 누리지 못하는데 인생에 내 뜻대로 되는 일이 더 남아 있을까 싶다. 동이 틀 때쯤엔 이 모든 게 업보라는 생각이 든다. 꾸준히 운동을 하지 않은 것, 늦게 자고 늦게 일어나는 습관을 방치한 것, 가벼운 불면을 술로 해결한 것 등 다방면의 게으름을 후회한다. 아침이라고 부를 만한 시간에는 사람들이 하루를 시작하는 소리를 듣는다. 희멀게지는 천장을 보고 있으면 눈물이 눈동자의 뒤편으로 떨어져 몸속에 고이는 것 같다. 어제는 언제 어제가 된 걸까. 나는 언제쯤 하루를 시작하면 좋을까, 궁리하다가 꾸역꾸역 밖으로 나간다.

수면제를 처방받은 지는 3년 정도 되었다. 왜 의욕과 상상력과 감수성은 잠들기 전에만 차오르는지. 불면증 초기에는 그것들의 힘을 빌려 창작을 할 수 있었다. 약은 그저 밤을 줄이고 낮을 늘리기 위함이었고, 정신과 선생님도 생활이 바로잡히면 약을 쉽게 끊을 수 있을 거라 했다. 변수는, 좀처럼 끝나지 않는 코로나였다.

의욕은 해결책을 찾는 방도로만 작동하고, 상상력은 최악의 그림을 그리고, 감수성은 부정적인 쪽으로 기울었다. 단지 잠들기 어려운 걸 넘어 잠에 있어 무능, 혹은 불능의 상태가 되었다. 그리고 수면제 없이 잠들지 못하게 된 지는 2년째다. 이제는 불면을 이겨낼 생각조차 들지 않는다. 꼬박꼬박 병원에 가고 선생님과 상의하여 약의 용량을 늘리거나 줄이며, 때로는 알약을 반씩 쪼개어 먹으며 제법 능숙하게 데리고 산다.

이대로 영영 약에 의존하게 될까 걱정이라 말했을 때, 선생님은 마치 불면의 원인이 종양이라도 되는 것처럼 문제 상황이 해결되면 약 없이도 쉽게 잠들 수 있을 거라 했다. 그런데 내가 그 종양을 사랑한다면 어떡하지? 제거될 수 없는, 제거하고 싶지 않은 어떤 것이라면?

불면은 나의 가장 약한 면이고, 그래서인지 불면의 기억은 사랑의 기억과 맞닿아 있다. 수능 전날 엄마 품에 안겨 울며 잠들었던 새벽을 중심으로, 잠들 때까지 등을 토닥여주거나 머리를 쓰다듬어주던 애인들과의 아침이 마음의 모서리마다 올곧이 자리하고 있다. 사랑이 아니었다면 아침까지 함께 잠을 기다려줄 수는 없었을 것이다. 그 기억만으로 나는 연애가 끝나도 그들을 여전히 사랑한다. 그리고 연인이 아니더라도 불면을 돌보아주는 이라면 사랑 비슷한 감정을 느낀다.

처방받은 수면제가 동났다는 걸 알았을 때는 토요일 밤이었다. 뜬 눈으로 보내야 하는 밤이 두 번 남은 것이다. 수면제가 없을 때 얼마나 끔찍한 밤을 보내게 되는지 나는 알고 있었다. 모르면서 겪었을 땐 괜찮았는데, 아는 고통을 기다리는 건 공포였다. 다행히 약국에서 사뒀던 수면 유도제가 있었고, 그걸 먹고 잠을 청해 보았다. 그러나 피곤만 가중될 뿐 효과는 없었다. 마침 초고에서 만나 종종 안부를 나누던 친구 '재영'과 카톡으로 수다를 떨던 참이었다.

재영과 나는 각자의 밤이 온전치 않다는 걸 아는 사이다. 그 이상으로 깊게 얘기 나눈 적은 없었다. 그러나 그것만으로 충분했다. 정신 질환을 얘기하면서도 서로를 과하게 걱정하지 않을 수 있기 때문이다. 수면제가 떨어졌다고 했을 때, 재영은 다음 날 초고로 자신의 수면제를 가져다주겠다고 했지만 나는 당장 약을 받으러 가겠다고 했다. 새벽 세 시였고, 재영의 집에 다녀온다면 왕복 택시비로 5만 원이 들겠지만, 그 돈으로 약간의 잠을 살 수 있다면 다행이었다.

재영의 집은 방 하나가 딸린 작은 옥탑방이었다. 그는

여러 종류의 알약을 락앤락에 담아주며 약의 종류와 역할에 대해 차근차근 설명해주었다. 방 안에 향냄새가 가득해서 마약 밀수를 하러 온 것 같았다(물론 진짜 그런 적은 없다). 재영은 우선 안정제를 먹고 상태가 좀 나아지면 집으로 가길 권했다. 영 힘들면 방에서 자고 본인은 바깥에서 자도 좋다고 했다. 친구들이 놀러올 때면 늘 그렇게 하니까 괘념치 말라고. 나는 어디서든 잠만 잘 수 있으면 상관없었다. 재영이 준 약을 먹고 차를 마시고 그가 쓰고 있던 글을 읽었다. 활자들이 울렁거렸다.

다음 기억은 재영의 침대다. 가위눌린 것처럼 가슴에 무거운 통증이 찾아왔다. 숨이 쉬어지지 않았다. 내쉬는 건 가능한데 도무지 들이쉬어지지 않았다. 숨이 가빠왔다. 무서웠다. 이러다 죽겠구나. 이렇게 죽는구나. 눈앞이 빨개지고 이명이 들렸다. 진짜 죽나? 내가 죽으면 초고는 어떻게 되지? 누가 정리해주지? 그러자 너무나 살고 싶어졌다. 침대에서 굴러 내려와 거의 몸통 박치기로 방문을 열고 부엌에서 쪼그려 자는 재영을 흔들어 깨웠다. 119 좀 불러달라고. 숨이 안 쉬어진다고. 그 와중에 생각했다. 이거 뭔가 약물 오남용 때문인 것 같은데 병원에서 알게 되면 재영이 처벌받나? 초고와 관련해 범죄 기사가 뜰까? 그럴 바에 죽는 게 낫겠다고 생각했다. 숫자를 세며 심호흡을 했다. 재영은 심호흡을 도와주는 와중에 이것저것 검색해보더니 또 다른 약을 가져다줬다. 다시 잠들었다.

그것이 공황 증상이었고 재영이 줬던 약이 공황 약이었다는 건 다음 날 아침에 알게 되었다. 그의 얼굴을 보자마자 수치심이 밀려왔다. 재영은 정말 내가 숨을 못 쉬어서 죽을까 봐 밤사이 몇 번 코 밑에 손을 대보았다고 했다. 이런 모습 보여줘서 미안하다고 거듭 말할 때마다 재영은 그렇지 않다고, 지난밤에 내가 무척 강했다고 말해줬다.

옥상으로 나오니 밤에는 전혀 몰랐던 풍경이 있었다. 옥상마다 식물들이 무지막지하게 자라고 있었다. 집들은 마치 이국의 수상가옥들 같았고, 그 사이로 강이 흐를 것만 같았다. 재영이 내려준 커피를 마시며 쏟아지는 햇살을 그대로 맞았다. 방에서는 이세계 밴드의 〈낭만젊음사랑〉이 흘러나오고 있었다. 언젠가 내가 재영에게 사운드도 멜로디도 좋은데 제목이 미스라고 했던 노래였다. 낭만도 젊음도 사랑도 과한데 어떻게 세 단어를 모두 붙여놨는지 모르겠다고. 재영은 집으로 들어가 볼륨을 최대치로 높였다.

'아무것도 모르지만 우린 괜찮을 거야.'

작은 옥탑방이 진공관처럼 울리고 있었다.

** 시인과 히피놈

이웃집에 시인이 산다. 그의 이름은 '고래'로(고래는 시인이 스스로에게 지어준 별명이다), 동네 친구다. 동네 친구란 누구인가. 그는 '약속을 잡지 않고도 툭 불러낼 수 있는' 자다. 물리적 거리와 심리적 거리가 압축된 말이라는 점에서 나는 고래를 동네 친구라고 부를 수 있다는 게 기쁘다.

고래의 집은 우리 집에서 걸어서 10분 거리에 있다. 퇴근길이 헛헛하면 고래의 집 앞에 찾아가 "담배 한 까이 할래요?" 하고 부른다. 그러면 그는 "1분만 기다려" 하고 5분 후에 나온다. 노란 고양이들이 자주 출몰하는 골목에서, 딱 담배 한 개비만큼의 근황을 전한다. 하고 싶은 말이 많은 날에는 담배를 아껴 피운다. 그래도 부족할 때 고래는 "저 골목까지만 데려다줄게" 하면서 우리 집까지 걷는다. 그러면 나는 "저 사거리까지만 데려다줄게요" 하고 또 고래의 집까지 걷는다. 그렇게 집과 집을 오가는 산책을 하면서 우리는 느릿느릿 가까워졌다.

고래는 초고를 경유해서 만났지만 이제는 초고보다 동네에서 보는 게 더 익숙하다. 시를 주제로 이야기하는 날이 잦았는데 언젠가부터는 시에 대해서라면 말을 아끼게 되었다. 그를 시인으로서보다 친구로서 더 알고 싶었기 때문이다. 우리는 대개 문학 밖에서 서로의 욕망과 욕망 없음에 관하여 이야기 나눈다. 시를 잘 쓰고 싶다며 고래 앞에서 운 것도 옛일이다. 이제는 아무리 슬퍼도 울 수 없게 되었다고 찡찡대자 고래는 말했다.

"내가 눈 찔러줄까?"

그때 나는 고래와 진짜 친구가 되었다고 느꼈다.

고래가 고래라면 나는 호랑이다. 호랑이 또한 고래가 지어준 별명이다. 도서관과 집을 오가며 비교적 단조로운 생활을 하는 고래에 비해 나는 초고라는 들판에서 발톱을 세우는 욕망덩어리다. 욕망으로 기뻐하고 욕망으로 괴로워한다. 잘하고 싶어서 그르치는 일들이 나에게는 아주 많다. 그런 호랑이를 고래는 심해에서 살핀다. 어쩌다 호랑이가 되었는지, 호랑이 이전엔 무엇이었는지, 내가 원하는 게 호랑이의 삶이 맞는지, 고래의 눈으로 질문한다. 고래에게 응답하다가 나는 전생의 기억을 되찾았고 바다로 산으로 여행을 다녔다. 늘 고래와 함께였고 어느 순간부터 고래는 나를 호랑이가 아닌 히피놈이라고 고쳐 불렀다. 히피놈이 된 나는 이제 고래를 집 앞으로 불러내지 않고 집 안으로 쳐들어간다.

고래의 살림살이는 단출하다. 먼지 하나 안 보일 정도로 깔끔하고 작가치고는 책이 적다. 그리고 내가 가본 모든 집을 통틀어서 면적 대비 식물이 가장 많다. 고래는 식물들에게 '사람'이라는 이름을 붙여준다. 고래의 집에는 홍콩 사람과(홍콩 야자) 필름 사람과(스파티 필름) 큰 사람이(내 키보다 큰 유칼립투스) 산다. 큰 사람은 너무 커져서 테라스로 이주했다. 고래는 가끔 침대에 누워 있으면 큰 사람이 방 안을 들여다보는 것처럼 느껴질 때가 있다고 한다.

여름이 막 시작될 무렵 고래의 집 테라스에서 담배를 태우며 무심결에 말했다.

"아, 여기 평상만 있으면 딱인데."

"안 그래도 찾아봤어. 그거 생각보다 졸라 비싸."

그리고 며칠 후, 나는 길고 무거운 박스를 어깨에 이

고 고래의 집 계단을 올랐다. 줄 게 있다며 벨을 눌렀다.

"웬일이야? 뭐 만들었어?"

고래의 눈동자가 흔들렸다.

"해먹입니다."

테라스 문을 열어 재끼고 해먹을 설치하는 나를 보며 고래는 "이 미친놈아"라고 세 번 정도 소리쳤다. 빌려주는 걸로 알겠으니 언제든 필요할 때 도로 가져가라고 했다. 그러나 나는 봤다. 고래가 웃고 있는 걸. 그렇게 나는 해먹 값을 내고 고래의 집 테라스에 들어 살게 되었다.

고래와 해먹을 나눠 쓰는 사이에 '해먹하다'는 말이 만들어졌다. 그 말은 형용사와 동사로 활용된다. "오늘 날씨 좀 해먹한데?" 혹은 "이따가 해먹하러 갈게요" 이런 식으로. 고래의 집에 가면 나는 해먹에 누워서 가만가만 몸을 흔들다가 책을 읽거나 고래가 골라주는 음악을 듣는다. 해먹에 누워서 고래의 아침 일과와 저녁 일과를 지켜본다. 고래는 아침에 일어나 빈속에 담배를 피우면 위가 상한다며 인절미라도 데워 먹고 담배를 태운다. 외출했다 돌아오면 테라스에서 옷에 묻은 먼지를 탈탈 털어낸다. 생활을 꼼꼼하게 돌보는 고래의 일상에 끼어 있으면 초고 생각이 나지 않는다. 야망 따위는 호랑이 발톱만큼이나 거추장스러워진다. 그저 해먹에 누워 흘러가는 구름과 비행기와 고래를 본다.

고래는 해먹하는 내 옆에 앉아 습관처럼 말한다.

"내가 어쩌다 히피놈을 집에 들여가지고…."

1년 동안 세계여행을 했을 적에는, 그러니까 진짜 히피스럽게 살았을 적에는, 히피 같다는 말이 기껍지 않았다. 나는 히피의 역사를 모르고, 히피 같다는 말은 히피들이 추구했던 혁명과 평화의 가치를 납작하게 만드는 것처럼 여겨졌다. 그리고 무엇보다, 대부분의 맥락에서 '히피 같다'는 말이 '멋대로 산다'로 해석됐기 때문이다. 그러나 고래가 나를 히피놈이라고 부를 때에는 나 자신이 자랑스러웠다. 작은 혁명과 작은 평화를 오가며 나답게 잘 살고 있는 것 같았기 때문이다. 나는 고래에게 당신도 히피라고 말해주었다. 이 시대의 히피는 자기가 자기 삶의 주인으로 사는 거라고. 고래도 고래의 삶을 사는 데에 있어 한 치의 타협도 없었지 않느냐고.

산으로 바다로 놀러 다니던 어느 밤에 고래는 친구들 사이에서 이런 말을 했다.

"'아름'이라는 단어의 어원은 '개인적인 것, 사사로운 것'이래. 가장 개인적인 것이 나는 아름답다고 생각해. 사람은 자기다울 때 제일 아름다운 거야."

그래서 나는 고래가 내게 지어준 별명들을 사랑한다.

계절은 어느덧 여름의 한복판이고, 해먹하기 좋은 날들이 이어지고 있다. 글을 쓰고 헛헛하면 종종 고래의 집에 간다. 시인인 고래에게 이 글이 어떠냐고 물으면 친구인 고래가 답한다. 김연지다웠다고. 그 말이 찬사라는 것을 나는 안다. 그 안에는 호랑이도 있고 히피놈도 있다.

* * 우기의 날들

'걔랑 어떻게 잤는지 도무지 모르겠다'는 말을 이 나이 먹고도 할 줄 몰랐다. 어떤 경로로 걔가 내 이불 속으로 들어왔는지 도통 기억나지 않는 것이다.

"우리 잤어요?"

걔는 내 말에 이불을 박차고 일어나 무릎을 꿇었다. 왜 나만 알몸인 거야?

"네… 기억 안 나요?"

"네…."

걔는 거의 울기 직전을 넘어 겁에 질린 것 같았다. 뭐라 말해야 걔를 안심시키고 내가 덜 쪽팔리지.

"괜찮아요. 그냥 내가 못했을까 봐…."

그는 오히려 다행이라고 했다. 지난밤 자신의 경기력도 그다지 좋지 못했다고. 그는 비(非)남성이었으므로 이불을 헤집어 콘돔의 흔적을 찾는 수고로움은 없었다.

한국이 월드컵 16강을 가니 마니 하는 연말이었다. 나는 또 차였고, 아무나 붙잡고 아무 얘기나 하고 싶었고, '우기'는 내가 아는 곳에서 일했다. 그와 나는 1년 전에 레즈비언 어플을 통해 만나 상수동에서 맥주를 마신 적 있다. 그날 우기는 비를 쫄딱 맞고 와서 몸을 오들오들 떨었고 나는 전날의 과음으로 한쪽 눈이 떠지지 않았다. 만난 지 한 시간도 지나지 않아 각자 운영하는 가게를 영업하며 헤어졌다. 언제 한번 놀러 와요. 그건 자영업자들 사이에서 '언제 밥 한 번 먹어요' 정도의 후일 도모다.

어쩐지 정확한 위치가 찍히지 않는 이태원 골목을 들쑤셔 우기의 가게에 도착했을 때. 단박에 알아보고 완전히 뜻밖이라는 표정. 이내 반가워했고. 나는 '여기서부터 여기까지 주세요'까지는 아니고 '이런 메뉴는 처음 보네요' 하면서 주류 업계의 백종원 마냥 칵테일을 대여섯 잔 마셨다. 영업이 끝나고 우기의 단골 이자카야로 옮겨 방어회에 소주를 마셨다. 테라스에 나와 담배를 피울 때마다 우기의 지인이 꼭 한 명씩 지나갔고 멋쩍게 흔드는(얼른 꺼지라는) 손이 좀 야하다고 느꼈던가. 우기는 겨울마다 직접 노량진에서 방어를 구해와 친구들과 방어 파티를 여는 게 연례행사라고 했다. 와. 직접 회를 뜬다고요? 네. 취미예요. 그건 내가 기억하는 유일한 대화. 마시고. 웃고. 마시고. 그 가게 영업도 끝나고. 다음 술집을 찾아 헤매는 와중 눈이 내렸다. 온 도시의 불빛을 꺼뜨릴 기세로. 펑펑 내리고. 여기저기서 터지는 환호성. 그 축구 경기는 이겼던가 졌던가. 모르겠고. 택시는 잡히지 않고. 이태원에서 한남동까지 걸었다. 뛰었던가. 그러다 횡단보도 한가운데서… 쾅. 아스팔트가 일어났다. 내 뺨에 이렇게 차갑고 꺼끌꺼끌한 게 닿았던 적 있던가. 도무지 못 일어나겠어요. 119 좀 불러줘요. 앰뷸런스 타면 집에는 갈 수 있잖아. 땡깡 부리다가… 누군가 내 어깨를 잡고 여기서 잠들면 진짜 죽는다며 소리치는 장면. 그대로 죽고 싶었으나 나는 불운하게도 그 자리에서 죽지 않았고 우기와 한 이불에서 깼을 때야말로 진짜 죽고 싶었다.

다시는 보지 않을 생각이었다. 기억나지 않는 섹스라니. 그게 가능한가? 어쩌면 내가 습관처럼 옷을 벗고 잠든 게 아닐까? 걔도 블랙아웃 와서 안 했는데 했다고 착각한 게 아닐까? 아니면… 했는데… 인상적이지 않았나? 전두엽이 발 벗고 나서서 기억을 삭제한 것일까? 진실이 어떻든 우기를 다시 볼 이유는 없었다. 그러나 나는 막 차인 자. 한 사람에게 두 번 차인 자. 촘촘히 연결된 일상이 돌연 끊기고 시간이 무자비하게 불어난 자. 출퇴근 시간이 늦은 우기와 나 사이엔 시차가 없었고, 무엇보다 불안의 주파수가 통했다. 그도 막 차였기에… 한번은 우기의 가게가 있는 좁은 골목에서 반대편에서 오는 차를 피하려다가 창문을 내리고 수신호를 나눴는데 알고 보니 그 사람은 우기의 전 애인이었다. 누가 누구의 옷깃을 붙들고 있는지 모르는 채로 몇 번 비슷한 밤을 보냈다. 그러다가 어느 늦은 오후 숙취에 절어 깨어나니,

더는 이렇게 살 수 없다.

고 삶이 내게 통보했다. 우기를 그만 만나야지. 연애관계를 빌미로 타인에게 나를 위탁하지 않고 스스로를 돌볼 수 있게 되기까지는 진짜 아무도 만나지 말아야지. 누워서 다짐했다. 사랑은 나를 살고 싶게 하지만 사랑으로 인해 살아지는 삶은 비참하다. 우기와는 사랑 없는 삶이 미치도록 시시하다는 점 말고는 공통점이 없었다. 이별 통보와도 같은 금주 선언을 했을 때 그의 반

응은 뜻밖이었다. 함께 금주를 하자는 것. 그래. 너도 문제가 많겠지. 얼떨결에 우기와 나는 금주 메이트가 되었다. 문제는 그도 나도 술자리 밖에서 사람을 만난 지 오래되었다는 것이다.

"그럼 우리… 어디서 볼까요?"

"그러게요…."

"만두를 먹읍시다. 그리고 멋진 개가 있는 카페에 가요."

"좋은 생각이에요."

첫 번째 약속은 파토났다. 이불이 1톤 같은 아침이었다. 그걸 개키고 일어나느니 이불과 함께 바닥으로 꺼지는 편이 더 쉽겠다. 베개에 얼굴을 처박고 온갖 업무 문자와 전화와 메일을 밀어냈다. 바닥을 찍고 나면 올라 올 일만 남은 줄 알았는데 삶은 그렇게 순순하지 않았다. 조증에서 내려오니 우울감에서 무기력감으로, 무기력감에서 다시 우울감으로, 온갖 정신병의 하위 장르들로 수평 이동하는 것만 같았다. 당장 설거지도 못 하겠는데 점심 약속이 뭐람. 우기와의 대화는 술기운으로 모두 휘발되었고 맨정신으로 만나 무슨 얘기를 할지 감도 잡히지 않았다. 몇 통의 전화가 왔고, 우기는 어떻게든 나를 밖으로 끌어내려 했다.

"딱 한 번만 밖으로 나와요. 그 만두 진짜 맛있어요. 살고 싶어지는 맛이에요."

죽고 싶다 말한 적 없는데 살고 싶어지는 맛이라니. 겨우 음식으로? 어디 한번 먹어나 보자며 다음 날 저녁 우기와 서촌에서 만나기로 했다.

우기는 생경한 얼굴이었다. 눈코입이 이렇게 동글동글했었나. 도베르만 과라고 생각했는데 밝은 곳에서 보니 보더콜리에 가까웠다. 그는 이 집이 아주 유서 깊은 만두집이라고 했다. 맛집답게 어떤 장사의 의지도 없어 보이면서 점집 같은 기운을 뿜어내고 있었다. 지상에서 반 칸 정도 내려가야 한다는 점도 의미심장했다. 테이블은 다섯 개뿐. 중국어로 쓰인 메뉴 옆에 자그맣게 한국어 설명이 적혀 있었다. 우기는 익숙한 듯 메뉴판을 훑고 이것과 저것을 주문했다. 나는 혹시나 우기가 추억에 잠기지 않나 틈틈이 살폈으나 그의 시선은 정확하게 나를 향했다. 테이블에는 술 대신에 따뜻한 보이차가 준비되어 있었다. 우기는 소주잔보다 찻잔이 더 어울렸다. 처음 만난 사이처럼 엠비티아이와 사주 얘기를 하는 사이 김이 폴폴 올라오는 찜만두와 만둣국이 테이블 위에 놓였다.

뜨거우니까 좀 기다려야 해요. 우기는 경고했지만 종일 빈속이었던 나는 재빨리 만두 하나를 집어 입에 넣었다. 뭉클. 어금니로 깨물자마자 육즙이 톡하고 터져 나왔다. 이토록 옹골찬 맛이 얇은 피에 싸여 있었다니. 사천 맛과 고수 향이 묘하게 올라오는 게…

"와. 진짜 맛있네요. 이건 정말 만두의 궁극이네요."

"내 말이 맞죠?"

다음으로는 만둣국. 한입 호로록 맛보자마자 고량주가 벌떡 떠올랐으나 간신히 참았다. 국물이 내장을 뭉근하게 쓰다듬었다. 정말 살고 싶어지는 맛 맞네요. '짠' 하는 속도를 맞추듯 우리는 우물우물 차례차례 만두를 먹었다. 우기는 마지막 남은 만두를 내게 양보했다. 접시를 들어 국물까지 모조리 마셨다. 그렇게 만족스러운 식사는 오랜만이었다.

"새로 태어난 기분이에요."

바깥엔 추위가 한결 가셨다. 롱패딩 주머니 안에서 양손을 꼼지락거리며 한동안 돌담길을 걸었다. 입을 뗄 때마다 입김이 호호 나왔다. 맨정신의 우기는 나처럼 졸업을 못 한 채로 창업을 한 학부생이었고, 대학원 진학을 위해 돌아오는 학기에는 꼭 복학할 것이라 했다. 여성학을 공부하며 우리가 만났던 어플에 대한 연구를 하고 싶다고.

"그럼 저도 데이터로 쓸 거예요?"

"감수해야죠. 연구원 만나면 연구 자료 되는 거고 작가 만나면 글감 되는 거지."

어쩌면 나는 논문 데이터가 되어 여성학 역사에 미약하게나마 이바지할 수 있겠지만 우기를 문학 역사에 남길 날은 오지 않을 것 같았다. 언젠가 나도 이름 대면 문장 몇 떠오르는 작가가 될 수 있을까. 잠시 먼 미래를 그려보았다. 오랜만이었다.

카페에 들어서자 우기의 말대로 커다란 개가 소파에 걸터앉아 있었다. 개는 들어오는 이들에게 눈길을 한 번씩 주고 저 혼자 골똘해 보였다. 사람 손길 그리워하던 시절은 다 지난 것처럼. 그는 내가 본 생명체 중 가장 우아했다. 벽에는 LP 판들과 최신 앨범들이 헝클어져 진열되어 있었다. 한구석에 모닥불이 있었던 것 같기도 하고. 모닥불이 없었대도 모닥불과 잘 어울리는 공간이었다. 사람들은 맥주나 커피를 마시며 노트북을 두드리거나 작은 소리로 이야기 나눴다. 이 가게는 단골이 많구나. 개를 신경 쓰지 않는 사람들 사이에서 나는 바닐라 라떼를 마시며 힐긋힐긋 우기와 개를 번갈아 살폈다. 맨정신이란 좋구나. 맨정신이라서 너도 보이고, 저 개도 보이고 이 장소의 낡음이 마음에 드는구나.

잘 다녀올게요. 인사 나누며 헤어졌지만 나는 여행을 떠날 때마다 다시는 이전처럼 살지 않겠다고 마음먹는다. 태국에서의 2주는 다음 삶으로 넘어가기에 충만했고 우기는 이전 삶에 사는 사람이 되었다. 쪽팔린 일을 함께 겪은 자와는 친구가 되지만 보이고 싶지 않은 모습을 들킨 자와는 안 보게 된다. 꼭 다시 가봐야지 했던 그 카페는 다시 간 적 없다.

여름을 핑계로 누군가에게 연락할 수는 있겠지만 겨울은 그렇지 않다는 게 겨울의 폐쇄성일까. 어쩌면 정말 죽고 싶은 날에 그 만두를 떠올리고 그 만두를 먹고 그때 참 고마웠다고 말할 수는 있을 것이다. 그러지 않기 위해 힘주어 살아야 한다.

** 여럿이 나눠 진 사랑

분명 더 쌀 텐데도 면세점에서 파는 물건들은 비싸 보인다. 사려고 봐뒀던 것도 안 사게 되는 곳이지만 출국 전에 반드시 사야 하는 건 담배다. 얇은 담배는 해외에서 구하기 어렵기 때문이다. 굵은 담배는 빨아들일 때 타격감이 덜하다. 들어와야 할 게 덜 들어오는 느낌. 목구멍에 무엇도 걸리지 않고 미끄덩하게 빠져나간다. 나는 까끌까끌한 게 좋다. 담배도 글도.

습관의 여러 면에서 다짐하고 실패하기를 반복하면서도 금연을 다짐한 적은 없다. 다만 초고에서 담배 냄새를 풍기며 들어온 한 남성을 맞닥뜨린 후로는 아이코스(궐련형 전자담배)를 피우기 시작했는데 의외로 얇은 담배와 타격감이 비슷해 수월하게 안착했다. 연초와 아이코스 중에 무엇이 더 해로운지는 밝혀진 바 없다만.

휘적휘적 면세점을 둘러보다 담배 코너에서 아이코스용 담배 한 보루를 집었다. 계산하려는데 옆에 있던 호수가 나를 멈춰 세웠다.

"연지야. 태국은 전자담배 반입 금지라는데?"

호수가 계산대 옆 안내판을 가리키며 말했다.

"엥. 뭐… 걸리면 공항에서 뺏겠지."

아이코스를 뺏길 것을 대비해 얇은 담배 한 보루를 더 사며 스스로 감탄했다. 드디어 내가! 혹시 모를 불운에 대비할 줄 아는 인간으로 성장했구나!

게이트 앞에서 우리를 기다리고 있던 정하가 탑승 마감까지 10분 남았다며 채근했다. 맡겨둔 배낭을 둘러메고 게이트로 향하려던 참에 호수가 또 한 번 멈춰 세웠다. 검색해보니 태국은 전자담배 반입 자체가 불법이고, 적발 시 벌금이 대략 2천만 원이라는 것이다. 우리는 아이코스를 버릴지 말지 10분 내에 결정해야 했다. 나는 자신만만했다.

"괜찮을 거야. 태국에 전자담배 가져간 여행객이 한둘이겠어? 모르고 챙겨온 사람들 다 벌금 때리면 공항 하나 새로 지을 수 있을 듯."

"그래, 괜찮겠지. 네가 벌금 2천만 원 낸다면."

정하는 한술 더 떴다.

"너 2천 있어? 차 팔고 집 보증금도 빼야 할걸?"

최악의 상황은 늘 상상의 가동 범위 밖에서 일어난다. 그러니까 우리가 상상할 수 있는 최악의 일은 벌어지지 않는다. 나는 이 신조를 내세우며 아이코스를 걸릴 일은 없을 거라는 기적의 논리를 내세웠다. 가격이 3만 원대였어도 버리겠는데… 아이코스는 10만 원이라고. 호수가 특가로 끊어준 방콕행 비행기표 값과 맞먹는다고. 탑승 마감 5분 전. 그냥 버려! 아냐, 안 걸릴 거야! 버리라고! 못 버려! 실랑이 끝에 호수는 "얘 고집 어차피 아무도 못 막아"라며 유치장에 갇힌대도 도와주지 않을 거라 경고했다. 나는 입술을 쥐어뜯으며 예측할 수 있는 최악의 미래와 약간의 행운이 깃든 미래를 떠올려보았다. 식은땀이 나는 와중 정하가 차분한 목소리로 말했다.

"분실하자."

"응?"

"그냥 화장실에 두고 와. 돌아와서 찾으면 되지."

그러니까 고의적 분실을 하자는 것이다. 천재 아냐? 이왕이면 연락처도 적어두라며 호수가 거들었다. 나는 얼른 수첩을 찢어 이름과 연락처를 적어 아이코스 뚜껑 안에 구겨 넣었다. 그러고는 화장실이 아닌 안내데스크를 향해 달렸다. 저… 화장실에서 아이코스를 주웠는데요. 안에 보니까 이름과 연락처가 적혀 있더라고요. 직원은 의중을 눈치챈 듯 피식 웃으며 아이코스를 받았다. 곧바로 다시 게이트를 향해 달렸다. 무사히 비행기에 탑승한 우리는 서로의 기지에 감탄했다.

"능동적 분실이라니. 너무 시적이다."

시인 호수는 선우정아의 〈도망가자〉 멜로디에 '분실하자'를 얹어 흥얼거렸다.

분-실-하-자-

아이코스는 잠시 내려놓고…

비행기에서 미지근한 맥주를 마시며 영상 목록을 쭉 훑었다. 이제 기억의 고의적 분실을 시작할 때다. 내 폰은 늘 용량이 부족하고 새로운 영상을 찍으려면 저장 공간을 확보해야 한다. 삭제할 영상은 신중하게 골라내야 한다. 되도록 짧은 것부터. 삭제하면 나는 그 장면을 영영 기억하지 못할 것이다. 영상의 배경은 대부분 초고이고, 가장 많은 인물이 등장하는 영상은 아무래도 초고 생일이다. 1주년에는 얘네가, 2주년에는 얘네가, 3주년에는 얘네가 있었구나. 최측근이 1년마다 바꿔는 삶은 어딘가 아슬하다고 생각하던 와중, 파티 때마다 케이크를 들고 등장하는 이가 다르다는 걸 알아챘다. 왜 내 친구들은 항상 케이크를 애인에게 쥐여주는가…. 친구들의 채근에 케이크를 사러 가는 그들의 모습을 상상한다. 연지 단 거 싫어하는데. 속으로 생각하고 있을 거다.

파티 속 나는 꽤 즐거워 보인다. 헤어진 애인들과 멀어진 지인들과 한국에서 우리를 부러워하고 있을 친구들이 한 테이블에 모여 초를 불고 축하를 건넨다. 매해 반복되는 파티 속에서 바뀌지 않은 인물들이 비행기 옆자리와 뒷자리에 앉아 있다. 우정은 오로지 자유의지에 근거한 유일한 관계이다.* 시인이자 평론가이자 워커홀릭인 호수, 배우이자 와인 셀러이자 사랑꾼 정하, 그리고 코리안 히피라는 수식이 누구보다 잘 어울리는 재영(그는 우리보다 일주일 먼저 코창에 도착해 터를 잡고 있었다)과 함께 2주를 보내게 될 것이다. 친구들의 여러 면모를 헤아려보며 나는 내가 만났던 어느 애인들보다 이들과 더 닮았음을 느꼈다. 2주 동안 붙어 있으면서 싸우지 않을 수 있을까? 어떤 사람과도 2주 동안 같이 먹

* 다니엘 슈라이버, 『홀로』(바다출판사, 2023)

고 잔 적은 없는데. 애인과도 3일만 붙어 있으면 싸우곤 했는데. 나는 우리가 싸우는 일이야말로 예측 가능한 불운이고, 예측 가능하기에 막을 수 있는 일이라 고쳐 생각하며 3년 전만 해도 서로의 존재도 모르던 성인 넷이 무려 336시간을 동행하기로 했다는 점에 희망을 걸었다.

정하와 재영, 그리고 나는 서울의 각기 다른 지역에 산다. 심지어 호수는 경기도민이다. 함께 놀면 호수는 늘 막차를 탈 것이라며 엄포를 놓지만, 매번 동틀 무렵 택시를 타고 귀가하는 바람에 그가 남양주에 산다는 걸 종종 망각한다. 그가 택시비를 모은다면 서울에 월세방을 하나 더 얻을 수 있을 것이다. 대중교통으로 각기 한 시간 거리에 사는 이들을 만나려면 중요하거나 긴박한 일이어야 한다. 중요한 일이라면 누군가의 생일이고 (나는 이들이 매해 생존하여 생일을 맞이한다는 게 기적 같다), 긴박한 일이라면 나의 건강 문제다. 호수는 2년 전 내가 갑작스럽게 보호병동에 입원했을 때 초고의 행사를 대신 맡아준 적이 있다. 재영은 수면제가 떨어져 응급실에 가려 했을 때 자신의 약을 나누어주었고, 공황이 왔을 때 보초 서며 재워주었다. 정하와의 일을 말하자면 유구한데… 우리는 잠시 오해가 쌓여 친구 관계를 끊고 지내다가 어이없게도 정신병원에서 재회했다. 하필이면 자살 사고가 있었던 당일이었고 정하는 손목에 감긴 붕대에 대해 무엇도 묻지 않으며 정형외과에 데려다주었다. 나는 이 모든 돌봄이 말을 뗀 지 10초도 안 되어 결정되었다는 사실이 늘 신기하다. '분실하자'는 기지처럼 이들은 내가 나를 포기하려 하던 순간마다 고민의 여지없이 덥석 손을 내밀어주었다. 덕분에 신세지는 법을 배웠다. 우정은 노력으로 유지할 수 있는 유일한 관계니까. 나중에 천천히 돌려주면 되니까.

초고라는 공간이 구심점이 되어 각각의 작은 서사로 이어져 있던 우리는, 밤 9시 모든 가게가 강제로 문을 닫아야 했던 코로나 계엄령 시절 셔터를 닫고 술 마시다 속수무책으로 가까워졌다. 국경이 풀리면 꼭 함께 '코창'에 가자는 말은 호수가 취할 때마다 하는 말이었다. 방콕에서 비행기를 타고 대륙의 끄트머리로 가서 배를 타야 갈 수 있는 그 섬. 시끌벅적한 해변에서 춤출 수 있고 아무도 없는 시크릿비치에서 다 벗고 헤엄칠 수도 있다는 그 섬. 섬의 동쪽에서 스쿠터를 타고 죽어보려 속력을 올리면 아카시아 태풍을 맞을 수 있다고 코창에 네 번 다녀온 호수는 시*에 썼다. 그 시로 인해 나에게 코창은 지상낙원이자 갈 데까지 간 자들의 최후의 보루로 각인되었다. 나에게도, 친구들에게도 여러 변화가 있었지만 사회의 정상궤도 밖으로 걸어 나갔다는 점만큼은 한결같았고, 바로 그런 이유로 우리는 한 비행기에 오를 수 있었다.

완벽에 대한 환상을 무화시킨 건 한 사람의 헌신적인 사랑이 아니라 여러 사람이 나눠 진 사랑이었다. 만약 내가 입원하는 사이 대신 일을 맡아준 사람이, 서울을 가로질러 선뜻 약을 내어주었던 사람이, 최악의 사고를 실토하고서도 자신이 할 수 있는 최선의 일을 해준 사람이, 모두 한 사람이었다면 어땠을까. 내가 사랑에 품었던 환상 – 영영 서로에게 헌신적일 수 있는 한 사람 – 이 그 시절에 있었다면. 아마 그랬다면 그 사람은 금세 나의 병에 옮거나 최대치의 힘을 끌어 쓴 다음 지쳐 나가떨어졌을 것이다. 사랑에 기대했던 모든 것들 – 짜릿한 대화와 즉흥적인 여행, 주고받는 돌봄 – 을 우정이 오랜 시간에 걸쳐 해낼 수 있다는 걸 알았을 때 나는 어리석은 짓을 그만둘 수 있었다.

"삶의 어느 법정에서건 그녀를 위해 증언할 것"이라

* 육호수, 「하다못해 코창에서 스노클링을 하다가 말미잘을 보고도 네 생각이 났어」, 『영원 금지 소년 금지 천사 금지』(문학동네, 2023)

는 신형철의 문장*은 귀한 사람을 떠올릴 때 두고두고 생각나지만, 나는 그럴 위인이 못 된다. 법정에서 내가 얼마나 긴장하고 말을 더듬는지 겪어봐서 안다. 나는 말하기에 소질 없다. 혹여나 법정에서 친구를 보호하기 위해 거짓말이라도 해야 한다면 바로 들키고 그는 형을 더블로 받을 것이다. 그러나 나는 삶의 어느 고문실에서건 너를 놓지 않을 수 있다. 나는 네 말대로 고집이 세니까. 부러질 때까지 견디는 건 내가 잘하는 것. 나도 너희를 견딜 테니 너희도 나를 좀 견뎌줘. 잠든 승객들 틈에서 간직해야 할 기억들을 선별하는 사이, 곧 수완나품 공항에 착륙한다는 기장의 안내 방송이 들렸다.

* 신형철, 『정확한 사랑의 실험』(마음산책, 2014)

**

가능성의 코창

코창은 어디와도 닮지 않았다. 공원에서 요가하고 식물로 가득한 카페에서 맛 좋은 커피를 마시고픈 치앙마이, 웅장한 절벽 아래에서 카누를 타다가 바다에 뛰어들고 싶은 끄라비, 뭐랄까 한국적 젊음이 들끓는 방비엥의 조각들로 코창을 상상해보았으나 무엇도 적중하지 못했다. 코창은 과하거나 넘치는 게 없었다. 태국이 방치한 섬을 여행자들이 발견한 것 같았다. 위치상 제주만 한 관광지가 될 수도 있었겠으나 좀… 섬 자체가 최선을 다하지 않는달까. 이름도 그렇다. '꼬짱'도 '고장'도 아니고 '코창'. 매서운 여름빛을 떠올렸지만 그곳의 바람은 선선했고 무성한 정글 대신 총천연색의 꽃들이 거리마다 피어 있었다. 어느 숙소에서건 밖으로 몇 걸음만 나가면 동남아 셔츠가 어떻게 그렇게 화려한 모양새가 되었는지, 그리고 그곳에서 산 옷들은 왜 한국에 가져오면 동동 떠서 어울리지 않는지 알 것 같았다.

극강 P들의 여행답게 우리는 비행기 티켓과 첫 숙소만 예약하고 어떤 계획도 세우지 않았다. 코창에 도착하자마자 바다에 뛰어들겠노라 이를 갈았건만 막상 리조트에 도착하니 그곳이 천국이었다. 리셉션에서 방까지 100미터도 안 되는 거리를 관리자는 작은 차로 태워주었다. 20대 초반 배낭을 풀었던 누추한 숙소들을 떠올리고는 이제 그 시절이 지나갔음을 체감했다.

실컷 자고 일어나 조식을 먹으러 식당으로 내려갔다. 조식은 이미 끝난 뒤였고 진녹색 강이 한눈에 보이는 야외 소파에 자리를 잡고 아이스커피와 샌드위치를 주문했다. 물이 흐르는 방향을 따라 시선을 옮기면 바다가 수평선에 걸쳐 있었다. 이따금씩 맞은편 수상가옥들 앞으로 카누가 몇 지나갔다. 친구들은 아침 일찍 카누를 타고 리조트의 사유지인 시크릿비치에 다녀올 거라고 했다. 네 면이 바다인 섬에서 아직 바다를 제대로 보지 못했네, 겨우 이틀 차네, 생각하며 휴가의 시작을 만끽했다. 횡단보도 한가운데서 엎어진 채로 죽느니 사느니 하던 며칠 만에 여름나라에 도착해 있었다. 소파에 드러누워 온몸으로 햇빛을 맞았다. 얼룩 하나 없는 흰

셔츠가 된 기분. 담배를 몇 대 피우는 사이 친구들이 도착했다. 재영이 특유의 느린 하이톤으로 소리쳤다.

"연지이! 정하 대박이야! 호수가 강에 휴대폰 떨어뜨렸는데 정하가 잠수해서 주워왔어!"

정하는 의기양양하게 웃어 보이고 호수가 휴대폰을 탈탈 털며 말했다.

"푹 잤어? 우리는 바다 보고 왔어. 산호 주워왔다. 이것 봐."

호수가 손바닥을 펼치자 새하얀 산호들이 바스락거리며 빛나고 있었다. 그의 양쪽 주머니는 두툼했다.

물놀이 다음은 낮맥이지. 방으로 돌아와 테라스에 나란히 앉아 맥주를 깠다. 새파란 하늘 아래 야자수들이 몸을 흔들고 수영장 물빛이 투명하게 일렁였다. 이름 모를 새들과 도마뱀들이 이쪽저쪽으로 뛰어들고 있었다. CHS의 〈땡볕〉부터 조성진이 연주하는 〈달빛〉까지 서로의 플레이리스트를 돌려 들으며 풍경을 보고 있자니 나무 하나하나의 아름다움에 매료되었다. 저 나무는 잎사귀로 하늘에 붓칠을 하는 것 같아. 저 나무는 거장이야. 오케스트라를 지휘하고 있어. 코코넛 달린 나무? 아니 걔 말고, 그 앞에. 2열 3석에 있는 쟤 말이야. 2열 3석. 2열 3석. 모두가 나무의 아름다움에 대해 말했으나 어떤 설명으로도 서로의 나무를 찾지 못했다. 점차 4D로 도드라지는 풍경 속에서 나는 나무들을 비롯하여 세상 만물과의 합일감을 느꼈다. 흐릿한 과거의 기억들로 점프하듯 들어가면 어떤 얼굴이든 또렷이 볼 수 있었고, 그 사건들이 지금 이 순간으로 이끌었음에 감사했다. 취기만으로 이렇게 감각이 풍성해진다고? 물론 아니다.

내가 거의 신흥종교를 창시할 때쯤 호수는 테이블 앞에서 산호를 쥐고 꼼지락대고 있었다.

"이거 봐봐. 산호로 쓴 시야."

테이블 위에는 호수가 주워온 산호들이 상형문자처럼 줄 맞춰 놓여 있었다. 나는 괜히 끄트머리에 있는 산호 하나를 가운데로 옮겼다.

"이건 이렇게 고치는 편이 낫겠어."

"오. 퇴고 잘하네."

탈고한 호수는 산호 시를 부감으로 찍었다. 이 사진은 후에 호수의 두 번째 시집에 실리게 된다. 나를 코창으로 오게 한 시 '하다못해 코창에서 스노클링을 하다가 말미잘을 보고도 네 생각이 났어'의 쌍둥이 시로. 제목 아래에 덩그러니 놓인 산호들을 어떻게 읽어야 하는지 나만이 안다.

파도가 얌전한 바닷가. 맥주를 모래사장에 꽂은 채로 모래 뺏기 게임을 하다가 바다에 내던져지기도, 아이들이 쌓은 모래성이 파도에 무너지지 않을까 마음 졸이며 바라보기도, 해먹에서 시집을 읽다가 마음에 꽂힌 페이지의 모퉁이를 접다가 다시 바다로 뛰어들어 비치볼을 치면서 와, 사는 게 이렇게 재밌네, 한국에서 자영업 할 게 아니라 코창에서 택시 기사 해야겠네, 근데 섬이라 텃세 심하지 않을까, 택시 기사 중에 외국인 본 적 있냐, 실없는 얘기를 주거니 받거니 하다가 해 떨어지면 야시장에서 꼬치 몇 개와 열대 과일과 맥주를 양손 가득 사서 숙소로 돌아와 이거 들어봤냐 저거 읽어봤냐 조잘대다가 까무룩 잠드는 하루. 그러다 보니 닷새가 훌쩍 지났다.

코창의 필수코스라던 스노클링 투어는 또 늦잠 자는 바람에 가지 못했다. 정하는 홀로 스노클링하러 떠나고 호수와 재영이 스쿠터를 빌리러 가는 사이 나는 식당으로 내려가 바다를 향해 덩그러니 놓여 있는 그네를 탔다. 발을 구를 때마다 바다가 이만치 가까워졌다가 멀어졌다. 시원한 바람이 휙 하고 불자 순간 소름이 돋았는데 그건 정말 간만의 해방감이었다. 이곳에서 무엇이든 할 수 있지만 아무것도 안 해도 된다는 자유로움. 모든 걸 끝내고 싶었던 그해 겨울 내가 원했던 건 죽음이 아니라 탈출이었다는 걸 그제야 알았다. 눈물이 주룩 났다. 몇 천 갈래로 쪼개진 해가 바다 위에서 반짝반짝 빛나고 있었다. 친구들이 보고 싶어졌다. 이들을 위해 내가 무엇을 해줄 수 있을까?

각자의 일정이 끝나고 한데 모여 다음 숙소를 찾고 있을 때였다.

"있잖아 우리… 플렉스 한번 해볼래? 이거 봐봐."

호수가 보여준 방은 1박에 50만 원짜리 풀빌라였다. 번뜩 전생 같은 기억이 스쳐 지나갔다.

"나 인도에서는 1박에 5천 원 내고 숙소 부엌에서 자다가 소 들어오고 그랬는데… 이래도 되는 걸까."

"그때의 우리에게 보상을 해주는 거지."

모두가 머뭇대는 사이 '내가 쏠게 얘들아!'라고 외치고 싶었으나 통장 잔고를 확인하고는 저 숙소에서의 조식은 내게 맡기라고 말했다. 코창에서 조식 먹기에 성공한 적이 없는데도.

스쿠터를 타고 섬 안쪽으로 들어가야 나오는 그 외딴 빌라는 실로 웅장했다. 커다란 대문을 양손으로 밀고 들어서면 층고가 탁 트인 거실이 나온다. 천으로 짠 파라솔은 반려 호랑이가 누워 있을 법한 소파와 잘 어울리고, 거실 창문은 수영장으로 향해 있다. 한 번쯤은 누가 취해서 저기 뛰어들 거 같아, 했지만 호수와 나는 다음 날 눈 뜨자마자 맨정신으로, 그것도 잠옷을 입은 채로 퐁당 뛰어들었다. 10명이 묵어도 충분할 빌라였다. 우리는 결혼할 사람이 생기면 다 같이 이곳에 오기를 도모했다. 10명 수용 가능하니 아이가 둘 있어도 되겠다. 누가 낳을래? 난 아니야…. 무엇보다 마음에 들었던 공간은 아일랜드식 부엌이었다. 와인잔부터 프라이팬, 파스타용 냄비, 각종 향신료까지 갖춰져 있었다. 이 훌륭한 부엌에서 나는 아침마다 친구들에게 완벽한 프렌치토스트를 만들어줄 것을 다짐했다.

그러나 그 숙소에 3일간 머무르면서 한 번도 제대로 된 토스트를 만들지 못했다. 장 보면서 꼭 재료를 하나씩 빠뜨렸기 때문이다. 첫날 샀던 계란은 알고 보니 삭힌 계란이었고, 숙소에 있던 커피용 설탕 스틱을 모두 털어 설탕 토스트를 만들려 했으나 불 조절에 실패했다. 친구들은 바싹 탄 설탕으로 코팅된 토스트를 먹어야 했다. 둘째 날에는 로컬 시장을 찾아 어찌어찌 계란은 구했으나 설탕을 빠뜨렸다. 친구들은 계란 물만 먹인 맹숭한 토스트를 먹어야 했다. 맛없어서 나도 버린 토스트를 우적우적 먹는 재영이 안쓰러워 약속했다.

"내일은 꼭 제대로 만들어줄게."

"연지이… 이건 가능성의 토스트야. 얼마든지 더 맛있어질 수 있어."

이후로 우리는 아쉬운 걸 먹을 때마다 '가능성의 ○○'라고 이름 붙여주었다. 가능성의 아이스커피, 가능성의 모닝글로리, 가능성의 똠얌꿍. 어딘가 모자란 것을 지칭할 때도 요긴했다. 가능성의 매트리스, 가능성의 모기장, 가능성의 스쿠터.

그리고 가능성의 코창. 끝끝내 스노클링 투어도 가지 못했고 시크릿비치는 해가 일찍 떨어지는 바람에 너무나 짧게 머물렀지만, 아쉬운 것들을 가능성으로 남겨두니 무수한 미래가 생겨났다. 잘 살다가 또 와야지. 그때는 꼭 친구들에게 완벽한 토스트를 만들어줘야지.

몽롱한 사건들 중에서 우리가 나눴던 대화만을 또렷하게 기억한다. 많은 질문이 오갔고 그중에 명쾌했던 것은 하나의 장면으로 남아 있다. 코창에서의 마지막 밤, 문학이 대체 뭐냐는 정하의 질문에 호수는 잠시 시간을 달라고 하더니 대답했다. 소설은 '만약 그때 그랬다면', 시는 '그럼에도 불구하고', 평론은 '만일 그게 진짜라면'으로 시작하는 이야기라고. 그럼 에세이는? 내가 묻고 내가 답했다. 에세이는… '사실은 말이야'로 시작하는 모든 이야기. 시든 소설이든 평론이든 에세이든, 모든 창작물은 겪은 다음의 이야기라는 점이 나를 안심시킨다. 있잖아. 코창에서 사실은 말이야. 이렇게 시작하는 이야기라면 백 편을 써도 지겹지 않을 것이다. 아직 오지 않은 이야기들을 전 생애에 걸쳐 모두 겪을 것이다.

** 안나와 벌새

누구나 피부에 지워지지 않는 자국이 하나쯤 있고 그건 기억에도 마찬가지다. 어느 순간 어떤 이유로 각인된 이미지가 있다면 그것이 피부 안쪽에 있든 바깥 쪽에 있든 상관없지 않나. 어찌 됐건 내 몸의 한구석에 새겨진 것이니까. 더군다나 그 이미지가 한순간이라도 내 정신의 목덜미를 들어 올렸다면, 그로 인해 어떤 구덩이로 떨어지지 않게 붙들려 있었다면, 기껍게 피부에 새기고 싶다. 한동안 내 머릿속에 떠나지 않았던 문장은 이것이다.

"나는 내가 가야 할 곳을 정확히 알고 있어."

김초엽 소설 『우리가 빛의 속도로 갈 수 없다면』(허

블, 2019)의 표제작에 나오는 문장이다. 소설의 주인공 '안나'는 실패가 예견된 항해를 떠나는 우주비행사다. 사랑하는 사람들이 살았던, 이제는 이미 사라졌을, 살아 있는 시간 동안 결코 닿을 수 없을 행성을 향해 우주선을 출발시키며 그녀는 말한다. 나는 내가 가야 할 곳을 정확하게 알고 있다고. 소설은 이런 장면으로 마무리된다.

"먼 곳의 별들은 마치 정지한 것처럼 보였다. 그 사이에서 작고 오래된 셔틀 하나만이 멈춘 공간을 가로질러 가고 있었다."

시선을 멀리 두고 조종대를 잡은 안나의 표정을 상상해보다가 그가 내 몸과 정신의 일부이기를 바랐다. 고집스럽고 단단한 표정이 내게도 있으면 좋겠다고. 대체 어디로 가고 있는지, 어디론가 이동하고 있기는 한 건지 혼란스러운 와중에 안나의 확언에 기대어 있고 싶었다.

그런 생각을 한 지 얼마 지나지 않아 단골손님이 타투를 받았다며 왼쪽 팔을 내밀었다. 파스텔 톤의 파란 비행선을 초록색 띠가 감싸고 있었다. 그 또한 김초엽 작가의 문장이 마음에 닿아 타투로 새겼다고 했다. 나는 내가 가야 할 곳을 정확히 알고 있어. 바 테이블의 안팎에서 종종 안부를 나눴던 그 손님은 곧 유학을 앞두고 있었는데, 그 문장이 자신을 잘 이끌어줄 것 같다고 말했다.

나는 안나의 얼굴을 새기고 싶었다. 그러자니 두 가지 문제가 있었다. 첫째는, 어떤 타투이스트에게 시술을 받을 것인가. 둘째는, 안나는 대체 어떻게 생겼는가. 우선은 두 번째 문제가 중요했다. 노인일 텐데, 어떤 얼굴의 노인일까. 머리가 짧을까, 길까. 피부는 거칠까. 주름은 많을까. 그러다 나는 안나가 먼 미래 나의 얼굴을 닮았으면 좋겠다고 생각했다. 그래서 사진 보정 어플의 '노인' 기능을 써보았는데… 영 아니었다. 고집스럽긴 한데 생기 없이 고집만 남은 얼굴이었다.

이런저런 얼굴들을 상상하던 밤, 마침 책장에서 앤 섹스턴의 『밤엔 더 용감하지』(민음사, 2020)가 눈에 들어왔다. 시를 쓰다 거친 목소리가 필요할 때마다 꺼내 읽었던 시집이었고, 여러 관계 속에서 자기 자신이고자 맹렬하게 시를 썼던 그녀의 태도를 동경해왔다. 시집을 다시 훑어보는데 책의 끄트머리에 실린 시인의 사진에 홀려버렸다. 반쯤 피운 담배를 손에 쥔 채 한쪽 입꼬리를 올리고 카메라를 응시하는 모습이었다. 막연하게, 안나의 얼굴이 그려지던 참이었다.

'누구에게 받을 것인가'는 의외로 쉽게 해결되었다. 파트타이머 직원과 지하철을 타고 함께 퇴근하다가 그가 타투이스트라는 걸 알게 되었고, 그가 어떤 작업을 하는지 제대로 살펴보지도 않고서 대뜸 타투를 받고 싶다고 말했다. '우.빛.속'은 초고에서 읽은 책이고, 초고 손님을 통해 타투 욕구가 자극되었으니, 초고에서 근무하는 동료에게 타투를 받는 게 뜻깊을 것 같았다. 직원분께 소설책을 빌려주고는 마음 가는 대로 안나를 그려달라고 했다. 내가 요구한 것은 단 하나, 앤 섹스턴의 고집스럽고 당당한 표정이었다. (아, 이 요구부터가 '마음 가는 대로'가 성립될 수 없는 것인가?)

두 시간여의 작업 끝에 안나를 만났다. 울퉁불퉁한 우주복을 입은 채로 한쪽 손은 조종대에, 다른 쪽 손은 계기판 위에 올려놓은 모습이다. 시선은 조종대를 향해 있고, 한쪽 입꼬리가 미세하게 올라가 있다. 팔을 쭉 펴면 홀쭉해지고 팔을 접으면 뚱뚱해진다. 몸의 움직임에 따라 몸집을 바꾸는 안나를 보며 생각했다. 아득한 우주 속으로 몸을 내던지며 안나는 마냥 용감하기만 하지는 않았을 것이라고. 다만 용기가 두려움을 이겼을 뿐일 거라고. 사랑은 용기와 두려움이 엎치락뒤치락하며 알 수 없는 곳으로, 그러나 사실은 너무나 원하는 곳으로 나아가게 한다고, 안나가 조종대 위에 올려놓은 나의 손을 밀어주며 말하는 것만 같았다.

이후로도 몇몇 문장들이 심장을 건드릴 때마다 타투를 하고 싶었다. 어떤 친구는 자해를 하고 싶을 때마다 타투를 하다 보니 온몸이 타투로 덮였다고 말한 적이 있는데 그 마음을 알 것도 같았다. 아무 의미 없어도 마음 가는 그림들을 몸에 수집해도 좋을 것 같았다. 그렇지만, 사건사고가 많았던 몸이니만큼, 몸에 새겨지는 마음은 좀 밝은 것이었으면 했다.

그리고 벌새를 만난 건 '어떤요일'(각자가 맡은 요일에 에세이를 카톡으로 전송하는 자체 연재 프로젝트. 김달님, 김신지, 이미화, 정지혜, 홍화정 작가와 2년의 시간 동안 시즌 3까지 함께했다.)에서 필진이자 일러스트를 맡았던 화정 언니를 통해서였다. 언니는 어떤요일에 참여하는 필진에게 어울리는 조류로 캐릭터를 그려주었는데, 내게 배정된 새가 벌새였다. 깊은 밤 이야기를 물고 독자의 집으로 찾아가는 부엉이, 거위, 왜가리 뒤로 벌새가 총총 따라가고 있었다. 왜 하필 벌새일까 궁금해 하며 나무위키에 벌새를 검색해보았다. 벌새는 생물 역사상 가장 작은 공룡이다. 아주 작은 몸집의 귀여운 새이지만, 보기와는 다르게 모든 새들 중 가장 뛰어난 비행 능력을 보유한 종이다. 후진 비행, 체공, 급선회 등 온갖 비행 기술에 능숙하다. 벌새가 비행 능력이 뛰어난 건 날개가 작아서이다. 무려 초당 약 60회의 작은 날갯짓을 한다. 그러나 이 날갯짓을 위해서 어마어마한 양의 열량을 소모해야 하기에 10분마다 계속해서 꿀을 마시지 못하면 목숨이 위험하다고 한다. 심지어 자는 동안에 굶어 죽을 수도 있다.

다른 새들에 비해 작고 연약하지만, 그 연약함으로 인해 종횡무진 날아다닐 수 있는 벌새.

포롱포롱 꿀을 찾아다니는 것처럼 보이지만, 사실은 생존에 온 힘을 다하는 중인 벌새.

내 왼쪽 손목엔 샵 모양의 꿰맨 자국이, 오른쪽 손목에는 푸르게 비치는 핏줄에 부리를 꽂은 벌새가 있다. 처음엔 흉터를 가리는 목적으로 새기려 했지만, 온전히 두기로 했다. 흉터가 안 보인다고 해서 기억이 사라지는 건 아니니까. 어차피 못 잊을 기억이라면 몸 안에 있나 바깥에 있나 마찬가지니까. 이제는 양 손목의 두 상처가 얼룩이 아니라 무늬 같다.

** 동료의 기백

나 잘 도착했어. 잘 자. 카톡창을 끄고 넌 무얼 하니. 내가 요즘 제일 궁금한 건 그거야. 왁자지껄 만나서 얘기 나누고 택시를 타고 귀가하고 텅 빈 집에 들어설 때. 그때부터 너의 생활은 어떠니. 너는 널 위해 무얼 해주니. 물었을 때 친구는 오랜 고민 없이 대답했다.

맛있는 커피,
적당한 운동,
충분한 휴식.

맛있는 커피는 중요한 미팅이 있을 때 담당자가 이끄는 데로 가면 마실 수 있다. 적당한 운동은 서빙을 하고 칵테일을 쉐이킹하는 것으로 대신한다. 충분한 휴식…

은 뭘까. 휴식은 뭐지. 어느 정도가 충분할까. 침대에 누워 알고리즘이 이끄는 대로 유튜브 쇼츠를 무한히 돌려보는 것도 휴식이라 부를 수 있을까. 요즘 나의 상태는 세 가지다. 누워 있거나, 일하거나, 친구를 만나 술 마시거나. 애인이 없을 때 나는 두 배로 자고 두 배로 일한다. 요즘 그렇다.

사랑하는 사람이 생기면 나는 그를 위해 잘 살고 싶어진다. 몸에 좋은 것을 먹이고 싶어서 미리 장을 보고 냉장고를 채워둔다. 언제든 자고 갈 수 있도록 집을 청결하게 유지한다. 함께 이야기 나눌 주제가 많으면 좋으니까, 전시장에 가거나 영화를 보러 간다. 그에게 마음을 쏟을 뿐인데 내 생활에 윤이 나기 시작한다. 약을 줄일 수 있고 운동을 할 힘이 난다. 마음에 쏙 드는 하루를 보내고 나서는 스멀스멀 불안감이 올라온다. 혼자서도 이렇게 잘 지낼 수 있을까? 그리고 마음을 고쳐먹는다. 나는 내가 떨어질 바닥을 만들고 있는 거야.

그러나 이런 공의존 방식의 연애는 곧잘 유기 불안으로 이어진다. 관계를 끝내야 할 때가 와도 혼자 지낼 날들이 두려워 끝을 유보한다. 혼자인 것보다 함께를 견디는 게 삶의 질이 낫다고 효율을 계산한다. 그래서인지 나는 단 한 번도 스스로 관계를 끝낸 적이 없다. 갈

아타거나, 차이거나…. 친구는 나더러 사랑 천재라고 하지만 사실 사랑은 나에게 생존 요소다.

"사랑은 내가 줄 테니 너는 받기만 해."

봄이었나. 이렇게 말하는 사람은 어떤 말을 더할까 궁금해서 그와 연애했다. 받기만 하는 연애는 한 번도 해보지 않아서. 그는 입이 짧은 나를 데리고 서울의 온갖 맛집들을 데려가 주었고 전시와 영화들을 찾아주었다. 나는 아기 새처럼 그가 물어다 주는 좋은 것들을 받아먹으면서도 체기를 느꼈다. 받는 게 영 익숙지 않고, 연애를 하는 와중에 사랑이 어떤 것인지 까먹은 것 같았다. 그러나 사랑하지 않았다고 말할 수는 없다. 어느 밤에 안겨 자다가 문득 그의 품이 너르게 느껴져 사랑한다고 말했는데, 그는 사랑이 도무지 손에 잡히지 않는다고 말했다. 왜 나의 사랑은 늘 명중하지 못할까. 머지않아 우리는 헤어졌다.

한 친구는 그 연애를 이렇게 평했다.

"너는 아래로 아래로 깊이 내려가고 싶은 사람인데, 그는 위로 위로 올라가고자 하는 사람이었어."

중간에서 잠깐 스친 거였네. 애초에 우리는 대화가

잘 통하는 편은 아니었다. 그건 아마 서로의 결핍이 다르기 때문일 것이다. 그는 긴밀한 연락과 표현을 원했고 나는 이해와 인정을 원했다. 서로가 채워주고자 했던 것은 여분이 되어 부대꼈다. 결핍과 결핍이 맞아떨어지면 절대로 헤어질 수 없다는데. 만약 그랬다면 우리는 함께 내려갈 수도, 올라갈 수도, 손잡고 공중회전을 할 수도 있었을 것이다.

이별 자체는 익숙해지지 않지만 이별하고 난 뒤에 무엇을 하지 말아야 할지 이제는 안다. 과음하면 안 되고, 낯선 사람을 만나서 시간을 때우면 안 된다. 그렇게 보내는 시간은 부메랑처럼 돌아와 내 목을 칠 것이다. 나를 파괴하고 싶은 욕구가 목 끝까지 올라와도 그냥 침대에 누워 견뎌야 한다. 아무것도 하지 않을 것. 반드시. 절대로. 아무것도 하지 않을 것. 살기 싫어질 때면 숨을 참는다. 눈이 빽빽해질 때까지 숨을 참다가 길게 내쉰다. 바닷속에서 잠영하던 순간을 떠올리면서. 이렇게 참다 보면 언젠가 수면 위로 튕겨 나올 때가 있을 거라 믿으면서.

연애가 끝나고 비행기 티켓을 끊는 건 최대치의 방어기제다. 한때는 사랑이 끝날 때마다 사랑니가 아파 와서 뻔하게도 사랑니가 사랑니인 이유가 있구나, 했는데 사실 치통은 비행기와 관련이 있었다. 고도가 높은 곳에서 압력이 변화하고, 그것이 치아에 영향을 주는 것이다. 그때의 치통은 정말 지독해서 누가 내 머리통을 뽑아줬으면 싶다. 지난 연애에 대한 기억도, 상처도 다 같이 뽑혀 나갔으면. 그러나 여행지에 도착하는 순간 사라지는 치통처럼, 착륙과 동시에 가슴속에 단단히 뭉쳐 있었던 게 풀어지는 걸 보면, 여행 자체보다는 벗어났다는 감각이 물리적으로 필요했나 보다. 이번에는 제주도다. 함께 시 수업을 듣다가 '작작'이라는 동인으로 엮인 나의 유일한 남성 동료, '지민'과 함께였다.

공항으로 우리를 데리러 온 '이리(작작 동인의 창시자이다)'의 차 안에는 이승기의 〈사랑이 술을 가르쳐〉가 흘러나오고 있었다. 언니. 나 여행 왔어. 제발 플레이리스트 좀 바꿔줘…. 어느 아저씨가 이리를 잡아 삼켰는지 안 본 한 달 사이에 목소리는 더 걸걸해지고 웃음이 호탕해졌다. 운전대를 잡은 손은 새까맣게 타서 마치 검은 장갑을 낀 것 같았다. 바닷사람 다 됐다며 놀리면서도 늘 이리의 피부 뒤로 내비치던 패색이랄까, 독기랄까, 그런 게 사라져 보여 좋았다. 이리는 매일 수영하고 개 산책시키고 일찍 자고 일찍 일어나다 보니 배 속이 편안해서 시가 안 써진다고 했다. 나는 동료들이 시가 안 써진다고 하면 늘 반갑다. 잘 살고 있는 것 같아서. 그날 밤 술을 마시다가 이리는 이런 말을 했다.

"동료는 우정을 기반으로 한 코 워커(co-worker)야."

같은 곳을 보며 나아가는 친구들이지. 외부 강의에서 이렇게 잘 맞는 사람들 만나기 어려워. 우리는 모두 다른 시를 쓰면서 서로 동경하잖아. 이리는 자신이 좋아하는 사람들이 좋아하는 행동만 하는 게 너무 신기하다고 했다. 지민과 나는 그런 이리에게 "네! 두목! 충성!" 하며 그의 꼰대스러움을 사랑스럽게 받아들였다. 동료라는 말 참 좋다. 든든하고.

다음 날 우리는 프리다이빙을 하러 숙소의 강사님들과 함께 바다로 향했다. 프리다이빙은 수중에서 장비 없이 무호흡으로 하는 다이빙이다. 흔히 자신과의 싸움이라고 하지만, 글쎄… 자기와 꼭 싸워야 할까. 올라올 수 있을 만큼만 깊이 내려가야 하기에 프리다이빙은 자기 자신과 잘 교섭할수록 유리하다. 호흡과 명상으로 몸의 기관들을 살살 다스려야 한다. 이집트 다합에서 자격증을 딴 후 7년 만이었다. 이리는 사람들의 장비를 챙겨주며 교관 포스를 내뿜고 지민은 수트를 입자마자 땀을 뻘뻘 흘리며 펀다이빙 신청한 걸 후회했다. 땡볕 아래에서 쫄쫄이 수트를 입고 바다를 향해 걸어가며 잼

버리에 왔나 싶었다. 호흡이 가빠 오고 눈앞이 핑- 돌 때쯤에야 바닷가에 도착했다. 조여왔던 숨통은 바다에 몸을 누이자마자 풀렸다. 강사님들을 따라 유유히 바다 한복판으로 헤엄쳐 들어갔다.

스노클을 물고 수면과 평평하게 몸을 누인다. 천천히 숨을 들이쉬고… 다시 천천히 내쉰다. 귀가 먹먹한 가운데 내 호흡만 들린다. 몸과 마음을 진정시키기 위해 상상을 동원한다. 눈을 감고 넓은 들판에 우뚝 선 한 그루의 버드나무를 그린다. 나는 새다… 나는 새다… 바람을 타고 나무를 향해 날갯짓하는 새가 된다. 파도가 일렁이면 들판도 함께 우수수 흔들린다. 나뭇가지에 매달린 잎사귀들까지 명료하게 연상될 때, 마지막 숨을 크게 들이쉬고 스노클을 입에서 뺀다. 머리를 물속에 처박고 발을 구른다.

세상이 거꾸로 뒤집힌다.
수면이 발아래에 일렁인다.
발끝에서 기포가 차르르 떨어진다.
물보라를 딛고 올라간다.
그것을 보지 않아야 멀리 갈 수 있다.
눈앞의 파랑만 본다.

천천히

천천히

더 깊이

*

*

*

물빛이 점점 어두워지고

돌연 환해지면 그곳이 바닥이다.

방향을 틀어

수면을 올려다보면

세상은 거대한 수영장

수천 개의 빛 조각이 머리 위에서 일렁이고 있다.

그곳을 향해 천천히 올라간다.

가만히 있어도 절로 간다.

정수리로 수면을 찢고 숨을 몰아쉴 때만큼 공기가 달콤할 때가 없다. 바다 위에 동동 떠서 살아 있음을 만끽한다. 완벽하게 지구의 일부가 된 기분. 얼굴이 좀 타도 괜찮겠다. 다시 스노클을 물고 몸을 뒤집어 다음 잠수를 위해 숨을 가다듬는다.

뭍으로 나와 몸을 말리며 문득 행복하다고 느꼈다.

아, 좋다, 라고 말해보았다. 소리 내어 말하니 더 좋아졌다. 서울에서부터 아주 긴 잠수를 하다가 수면 위로 올라온 것 같았다. 엄한 짓 안 하고 침대 위에서 가만히 견디길 잘했네. 내가 알아서 나를 꺼내줬네. 다시 숨을 참는 나날이 이어지더라도 괜찮겠다. 내려가게 하는 것도 나고, 올라오게 하는 것도 나일 테니까. 그런 생각을 하며 담배를 태웠다. 일상으로 돌아가면 호흡을 잘해야지. 다시 요가원에 등록하고, 밥도 지어 먹어봐야지. 다음 연애 따위 기다리지 말고.

"얼른 내려와! 다시 들어가자!"

바닷가에서 강사님이 소리쳤다.

"네! 금방 갈게요!"

담배를 탈탈 털어 벤치 위에 내려놓았다. 다시 바다를 향해 걸어갔다. 후에 듣기로, 지민과 이리는 그때 내 뒷모습에서 기백이 느껴졌다고 한다. 빨리 오라고 하는데도 천천히 담배를 내려놓고 여유롭게 손을 흔드는 모습이 인상적이었다고. "이 술이 식기 전에 적장의 목을 베어오겠다"며 전장으로 나가는 장병 같았다는데…. 기백(氣魄). 정확한 뜻을 검색해보니 '씩씩하고 굳센 기상과 진취적인 정신'이라고 한다. 나에게 그런 면이 있다니. 뒷모습을 오래 지켜봐준 이들에게 고마웠다.

그리고 두 번째 다이빙이 끝나고 기진맥진한 채로 돌아왔을 때,

"장군, 어찌하여 목만 오셨소…."

이리의 말에 와르르 웃었다. 얼른 씻고 술 마시러 가자고 했다.

그날 일기에는 두 가지 단어만을 적어놓았다. 동료, 그리고 기백. 어떤 일이 있어도 동료와 기백은 잃지 말아야지. 사실 뭐, 기백 따위야 언제 잃어도 상관없다. 동료들이 발견해줄 것이니. 사랑은 그다음이다.

** 기대어 버티기

일주일에 한 번 정신과에 간다. 미스터 스마일과 나는 이제 많은 얘기를 나누지 않는다. 나는 나의 진단을 안다. 증상에 대해 말하기란 어렵지 않다. 입면 시간이 전보다 길어졌어요. 아침에 일어나서 무기력감이 심한데, 약을 먹으면 10분에서 30분 정도 후에 괜찮아져요. 그래도 어떻게든 몸을 일으켜 커피를 마시고 청소기를 돌리면 그럭저럭 하루가 잘 열려요. 지난 일주일 동안 공황 증세를 느낀 적은 없어요.

약만 제때 먹으면 생활이 불편하진 않으니까, 약을 줄이거나 끊는다는 생각 자체를 하지 못했다. 병은 어떤 종류의 결함이겠지만, 결함을 잘 돌보며 살 수 있다면 큰 문제는 아니지 않나. 그렇지만… 매주 병원에 오는 건 너무 번거롭다고요. 약을 한 달치 처방받을 수는 없나요? 선생님은 그렇게 처방하려면 수면제 양을 줄여야 한다고 했다. 그리고 약을 줄이려면 불면증에 대해서는 어느 정도 포기하는 방식으로 접근해야 하며, 쉽게 잠들지 못하거나 숙면하지 못하더라도 버티는 시간이 필요하다고. 버텨야 한다니. 내게 그럴 힘이 있을까? 선생님은 잠들기 전 생각이 너무 많아서, 혹은 잠이 오지 않는 상태에 대한 두려움으로 잠이 오지 않을 것이라고 하는데 잘 모르겠다. 어떤 불면증 환자라도 무인도에 사흘만 떨어져 있으면 잠을 자게 된다는데. 정말 그럴까?

약을 먹지 않고도 잠들 수 있다면 좋겠다. 약을 먹지 않고도 아침이 나를 짓누르지 않으면 좋겠다. 약을 먹지 않고도 지하철에서 식은땀이 나지 않으면 좋겠다. 남성의 큰 목소리를 듣고 공포 아닌 짜증을 느끼면 좋겠다. 분노와 슬픔을 구분할 수 있다면 좋겠다. 울고 싶을 때 울 수 있다면 좋겠다. 일상의 아주 사소한 순간에서도 행복을 느낄 수 있다면 정말 좋겠다. 행복하면서 두렵지 않으면 좋겠다. 완치나 치유, 혹은 회복 같은 단어들에 거북스러움을 느끼지 않으면 좋겠다.

그런데 완치란 어떤 상태이지?

치유는 어떤 행위이지?

회복은 어떤 의미일까?

혼자서는 해결할 수 없는 질문을 챙겨 일주일에 한 번 상담실에 간다. 상담 선생님은 지난 일주일에 대해서 묻는다. 나는 그제야 매주 위기가 하나쯤은 있었음을 알아채고, 그것들을 대수롭게 여기지 않는 자신에게 의문을 가지며, 때로는 무탈한 일상을 불안해 하기도 한다. 일주일치 누적된 독소를 빼낸 다음에는 자주 꾸는 꿈에 대해서 이야기한다.

나: 요즘 꿈에 그 친구가 나와요.

선생님: 어떤 모습인가요?

나: 함께 여행 온 것 같아요. 나도 친구도 눈앞에 있는 좋은 것들을 서로에게 말해주고 있어요. 저 나무 너무 예쁘다. 하늘이 저만치 크네. 저녁엔 이거 할까? 그러면서요. 우리는 어떤 이야기가 튀어나오지 않게 주의해요.

선생님: 그럴 때 어떤 감정인가요?

나: 조마조마해요. 불편한 것 같기도 해요.

선생님: 또 어떤 게 기억나나요?

나: 전 애인으로 추정되는 사람이 친구들과 함께 있었던 것 같아요. 저는 그를 보지 않으려 주의해요. 동시에 그 얼굴이 너무나 보고 싶기도 해요. 그래도 저는 보지 않아요. 어쩌다 둘이 남겨지면 고개를 푹 숙이고 있어요. 티켓을 끊고 먼저 여행지를 떠나려 해도 정신을 차려보면 우리는 또 같은 장소에 있어요.

선생님: 꿈은 사건이나 감정을 소화시키는 뇌의 작용이에요. 아직 연지 씨의 무의식은 그 일이 충분히 소화되지 않은 거예요.

나: 충분히 소화되는 건 어떤 건가요?

선생님: 직면하는 것이죠. 계속해서 이야기를 해야 해요. 계속해서.

기억을 삭제할 수 있다면 좋을 텐데요. 그렇게 말하고 고쳐 생각한다. 소화되지 않는 아픔을 모두 외면해버린다면, 행복과 즐거움이 여전히 귀하게 느껴질까? 고통스러운 기억이 모두 삭제된다면, 보다 화사한 미래를 상상할 수 있을까?

나는 너를 용서하고 싶다. 서로를 놓지 못한 채로 해치기만 했던 과거를, 각자 살려고 발버둥친 것으로 받아들이고 싶다. 너로 인해 내가 나빠진 게 아니라고 거

짓으로나마 위안을 전하고 싶다. 네가 나를 살리려 한 수고에 고마움을 전하고 싶다. 고통을 활짝 드러내지도, 완전히 숨기지도 못해서, 삐걱거리며 들켰던 소음들을 너희가 감당하게 한 걸 후회한다고, 그러나 그것이 나의 구조신호였는지도 모르겠다고, 도와줘서 고맙다고 전하고 싶다. 무엇보다, 나는 나를 용서하고 싶다. 어쩔 수 없었음을 이해하고 싶다. 너희를 여전히 사랑하는 나를 징그럽게 여기지 않고 싶다. 시간에 휘둘리지 않는 사랑이 분명히 존재한다고 믿고 싶다.

상담실에서의 대화는 나를 용서하는 지속적인 수행 같다. 용서를 바라면서도 용서를 완료형으로 두지 않겠다는 다짐이다. 끊임없이 과거를 재조립하며 점차 땅으로 내려오는 과정이다. 완치는 없다. 진단을 원하지 않으니까. 치유는 싸움이다. 스스로를 용서하는 과정이니까. 회복은 허상이다. 자기 돌봄의 하한선을 끊임없이 새로 만들고자 노력할 때 회복의 자리는 겨우 마련된다. 상담실에서 얻은 힌트들을 살뜰히 챙겨 일상으로 돌아오면 든든한 기분이 든다. 나의 결함들을 극복하려 들지 않고, 결함과 함께 살아가는 사람들의 이야기들에 주파수를 맞춘다. 상처와 치유, 용서와 회복에 대하여 내가 기억하는 가장 탁월한 대화는 넷플릭스 애니메이션 〈미드나잇 가스펠〉에 있다.

다중우주를 떠돌며 인터뷰 방송을 하는 '클랜시'는 쾌락의 행성으로 향한다. 지붕을 뚫고 떨어진 주점은 쾌락과는 무관해 보인다. 여러 존재들이 우글거리는 가운데 난동을 피우는 악당(이라고 불리는 어떤 존재)에게 멱살을 잡힌다. 그때 기사 복장을 한 '트루디'가 나타나 악당을 제압한다. 날렵한 화살로 클랜시의 멱살을 잡은 손목을 날려버리고, 두 번째 화살을 겨누려 할 참 트루디는 그를 용서해주겠다고 말한다. 그리고는 그의 심장에 큐피드의 것처럼 보이는 화살을 날린다. 악당은 소리친다. "사랑이라니! 내 갑옷을 뚫는 유일한 무기잖아!" 그는 느닷없이 노래를 부르며 사라진다. 갑옷을 이루었던 벌레들이 공중으로 날아 흩어진다.

클랜시는 놀라워하며 트루디에게 묻는다. 어떻게 엄청난 악당에게 '용서해주겠다'는 말을 할 수 있나요? 트루디는 말한다.

"가끔은 우리가 할 수 있는 최선의 일이… 용서예요. 그러면 온갖 원한과 분노, 억울함으로부터 자유로워질 수 있어요."

그러나 용서하는 일이 얼마나 어려운지 둘은 알고 있다. 트루디의 말을 함께 타고 어디론가 향하며 클랜시는 턱걸이를 했던 경험을 이야기한다.

"용서는 궁극적인 영적 철봉 같아요. 내가 전에 운동을 했을 때, 트레이너가 턱걸이를 하라고 했었죠. 처음엔 한사코 못한다고 했어요. 당연히 처음엔 못했어요. 그런데 트레이너가 저한테 스트랩을 달아주더군요. 그러니 조금 가벼워졌죠."

"트레이너가 좀 도와줬군요."

"그렇죠. 두어 주 지나니까 내가 턱걸이를 할 수 있게 되었어요. 용서하는 건 철봉 같아요. 용서하는 건 말도 안 된다고 생각하잖아요."

이때 트루디는 중요한 말을 한다.

"클랜시는 혼자서 한 게 아니잖아요. 도움을 받았죠."

지우고 싶은 기억에 대해, 상처와 슬픔에 대해 이야기하기를 멈추지 않을 때 용서는 간신히 발명될지도 모르겠다. 용서라는 행위에 수반되는 감정들을 책임지겠다는 마음으로. 과거에 고립되지 않은 채로. 끊임없이 현재와 융합하며. 나를 세워주는 사람들과 사람 아닌 것들에 반쯤 몸을 기대어서. 전하지 못했던 사랑을 되돌려주면서. 용서 후에 마주할 미래를 상상하면서.

어제는 신라호텔에 다녀왔어. 병동에 있을 때는 꿈도 꿀 수 없었던 호텔이었지. 그때 우리가 얘기한 부의 기준은 우울할 때 거리낌 없이 신라호텔을 긁는 거였어. 아직 나는 그 정도로 벌진 않아. 그래도 이제 부담스럽지 않게 신라호텔을 한 번씩 갈 수 있는 정도는 되었어. 그런 나이가 되었어, 라고 해야 할까.

아무튼 나는 신라호텔에 다녀왔어. 만나는 사람이 그곳에 어울릴 것 같아서 내가 결제했어. 언니보다 먼저 도착해서 프런트 데스크에 이름을 말하니 진짜 어른이 된 것 같더라. 객실로 올라가는 와중에 5성급 호텔의 분위기를 긴밀하게 캐치했어. 서비스 제공자로서 이 호텔의 우아함과 긴장감을 익히고 오겠다고 각오하고 왔거든. 먼저 호텔리어들을 유심히 살펴봤어. 그들은 손님과 얘기 나눌 때 오래 눈을 마주치지 않아. 친절을 과장하지 않고 목소리는 차분해. 엘리베이터 같은 좁은 공간에서 마주칠 땐 가볍게 고개를 숙여. 빠르지도, 느리지도 않은 사뿐사뿐한 걸음이 완벽하게 호텔의 일부 같아 보였어. 내가 자주 말했잖아. 일터에서 나는 존재감 없는 존재이고 싶다고. 그냥 그곳의 일부이고 싶다고. 그러려면 한 치의 어설픔도 없어야 한다는 걸 나는 호텔에서 배워.

책 한 권과 노트북을 가져왔어. 글을 좀 써보려고 했는데, 하필이면 노트북 배터리가 바닥났더라. 별수 없이 책을 펼쳤어. 최유안 작가의 『백 오피스』(민음사, 2022)라는 책인데, 호텔을 배경으로 치열하게 일하는 여자들의 이야기야. 기업의 생사가 걸린 행사를 성공적으로 유치하기 위해 그들은 얽히고 부딪히고 이해하고 이해하지 못하고 그래도 함께 일하고 그래. 그 책을 읽다가 호텔에는 '백 오피스'라는 게 있다는 것을 알게 되었어. 백 오피스는 프런트 데스크가 원활하게 돌아가게끔 보이지 않는 곳에서 뒤를 봐주는 역할을 해. 예산 편성이나 고객 관리 같은 경영적인 부분을 맡아. 백 오피스가 없으면 프런트 데스크도 없어.

"일터뿐일까. 무언가 유지하는 데는 그것을 아끼는

어떤 이들의 마음과 그것을 받쳐줄 희생이 수반된다."

이 문장에 유독 마음이 가더라.

언니를 기다리며 책을 읽다가 호텔 로비로 나왔어. 프런트 데스크와 백 오피스가 존재하기 위한 사람들이 궁금해져서. 사람들은 이곳에 쉬러 오기보다 누리러 온 것처럼 보여. 하프 연주를 듣기 위해 만 9천 원짜리 아이스 아메리카노를 주문했어. 커피에서 꿀맛이 나더라. 그렇게 맛있는 커피는 마셔본 적 없어. 주변을 돌아보니 '애서우드'처럼 보이는 사람들이 많았어. 노트북을 펼쳐놓고 통화를 하는 애서우드, 어색하게 마주 앉아 맞선을 보는 애서우드와 애서우드, 빙수를 시켜놓고 수다를 떠는 애서우드들…. 아, 애서우드가 뭐냐고?

애서우드는 언니의 뮤즈야. 내가 멋대로 붙인 이름이야. 언니의 직업은 패션 디자이너인데 알 만한 브랜드의 팀장이래. 나는 언니가 만드는 옷보다 그 옷이 입혀지길 바라는 사람이 더 궁금했어. 언니의 상상 속 고객, 애서우드 말이야. 그는 30대 후반이고 전문직에 종사한대. 매일 아침 과일샐러드를 먹으며 결벽증에 가까운 청결을 유지하는 여자야. 가급적 9시 이후로 음식을 먹지 않으려 하지만 일이 힘든 날에는 폭식하기도 해. 바에 가면 늘 바 테이블 자리를 선호해. 언더락보다는 샷으로. 제일 좋아하는 주종은 의외로 소주야. 사랑에 대해서는 열정적이면서도 시니컬해. 한 번 갔다 왔기 때문이래. 언니는 애서우드를 위한 옷을 만들어. 애서우드라면 사지 않을 수 없을 옷을. 나는 궁금해 해. 애서우드와 나는 얼마나 같고 얼마나 다를까?

언니가 만든 아이보리색 슬립을 입고 언니를 맞았어. 핏이 예쁘다며 나를 이리저리 앉히고 세우고 돌리고 사진을 찍어주더라. 제법 마음에 들었어. 과연 직업인이야. 언니는 아무렇지 않게 룸서비스로 치킨과 와인을 시켰어. 가격에 대해서는 생각하지 않기로 해. 그냥, 능력 있고 잘생긴 언니랑 신라호텔에서 룸서비스를 시키는 정황을 누리기로 해. 이런 일은 익숙하다는 듯 행동하려 애쓰면서, 이전 연애와 다음 연애가 이렇게 다를 수도 있구나, 의아해 하면서. 나는 아주 다른 사람이 되고 싶었던 거야. 그래서 접점이라고는 하나도 없는 이 언니를 만나고 싶었나 봐. 연인이긴 하지만 애인이라고 여겨지지는 않는, 그런 사이도 나에겐 사치라고 여겼으니까. 와인은 금방 바닥났어. 불 끄고 본 서울의 야경은 아름답더라. 보스락거리는 이불 속에서 푸른빛이 도는 언니는 살짝 웃고. 뺨을 쓸어보다가 다 말해버렸지 뭐야. 사랑도 희망도 보이지 않던 시절을. 그 끝이 폐쇄병동이었다는 것까지도. 당장 언니가 외투를 걸치고 나간다 해도 용서해주려 했는데. 내 손을 잡아주더라. 그렇게 부드러운 것을 만져본 적 없어.

내가 무섭지 않아?

무섭지 않아.

왜?

그런 걸 겪고도 지금 이렇게 살고 있으니까.

그렇지. 나는 그럼에도 불구하고 이렇게 열심히 살지. 정확하게 이해받는다는 느낌. 그런 느낌은 살면서 몇 번이나 찾아올까? 몰라도 알아주기를 바라는 심보는 버리기로 했어. 이해하고 이해받고자 하는 노력은 사랑의 첫 단계일 테니까. 어쩌면 언니의 마음은 이해보다는 아무렴 상관없다는 쪽에 가까울 수 있겠지만. 아무렴 상관없는 게 이해에 가장 가까운 마음인가 싶기도 하지만. 아무렴 어때. 나는 언니한테 바라는 게 없었는데. 그저 옆에 있어주기만 바랐는데. 욕심이 나더라. 정확하게 사랑받는 느낌은 어떤 걸까?

편의점에서 맥주를 사고 호텔로 돌아오는 길. 노란빛이 도는 호텔 창들을 보다가 문득 신라호텔과 초고가 크게 다르지 않다고 생각해. 자신이 원하는 모습으로 오니까. 오고 싶은 사람과 오니까. 잘 차려입고 오고 싶은 곳이기도 하고. 옆방 아랫방 윗방 사람들 모두가 사실 애서우드가 아니더라도, 여기서만큼은 애서우드가 되는 거잖아. 물론 나도 마찬가지고 말이야. 있잖아. 애서우드는 초고를 좋아할까? 글쎄. 애서우드는 초고가 마음에 들더라도 한 번 이상은 안 올 것 같아. 왜냐면 애서우드는 시를 읽지 않거든. 아니, 언니. 읽을 수도 있지. 실랑이를 해봤는데, 인문학이나 베스트셀러 소설 아니면 안 읽는대. 그럼 초고는 어떤 사람들이 올까?

초고는 시 읽는 사람들이 많이 와. 누리는 곳보단 쉬는 곳에 가깝겠지. 그들은 쉽게 맞춰지지 않는 퍼즐을 마음속에 품고 사는 것 같아. 분명 조각들에는 문제가 없는데, 거의 완성되어가는데, 왜인지 모르게 마지막 한 피스가 보이지 않는 거야. 그 한 조각을 찾으려고 이곳 저곳을, 이 책 저 책을 뒤적거리는 걸지도 몰라. 피스는 책 한 권이기도, 문장 한 줄이기도, 단 한 사람이기도 하겠지. 맞춰지지 않는 틈 사이로 찬바람이 불어와. 어딘가 모자란 퍼즐잡이들. 나는 초고를 찾는 사람들을 퍼즈라고 부를래. 애서우드보다 정겹지? 요즘은 초고에 퍼즈보다 애서우드가 더 많이 보이는 것 같긴 하다만. 언젠가 너도 초고에 방문할 날이 올까? 시집 한 권 들고서.

돌아가면 나는 퍼즈들을 위한 호텔리어처럼 일할 거야. 호텔의 지배인이라고 생각하고 카운터 앞에 단단히 서 있을 거야. 표정과 목소리를 단정하게 해야지. 더 세심하고 친절해야지. 완벽하게 존재감을 지우고, 한 가지만 바라야지. 이 공간이 저 사람의 마지막 피스가 되기를. 집으로 돌아가는 길에는 찬바람이 멎어들기를. 아, 일 생각을 하니 이곳이 나의 백 오피스가 되네. 사뿐사뿐 로비를 누비는 어느 애서우드의 그림자가 불 꺼진 백 오피스 같고.

우리가 나눴던 모든 시간은 나의 백 오피스 안에 들어 있어. 보이지 않는 곳에서 나라는 사람을 굴러가게 해. 가끔은 무겁고 따끔거려서 떼어 던져버리고 싶지만 그러지 않기로 해. 네가 만들어준 나의 일부를 인정하기로 해. 언니랑은 호텔에서 좋은 시간을 보냈어. 좋은 시간을 보낸 나는 이제 프런트 데스크를 향해 간다. 애서우드든 퍼즈든 춘심이든 누구든 편히 쉬다 갈 수 있는 곳으로.

Epilogue

어느 아침 나는 잠에서 깨 더는 자고 싶지 않다고 생각한다. 깨끗한 바닥을 꾹꾹 밟아 거실로 걸어간다. 활짝 열린 커튼 사이로 빛이 스트레칭을 하며 들어온다. 나는 이 따스함이 거북스럽지 않다. 좋아하는 카페에서 사온 원두를 갈아 정성스럽게 커피를 내린다. 커피의 맛이 어제와 어떻게 다른지 곰곰이 생각한다. 물줄기를 맞으며 느리게 몸에 거품을 칠한다. 드라이어로 머리를 뿌리까지 말린다. 가볍게 선크림을 바른다. 거울을 오래 보지 않고 나갈 채비를 한다. 비가 온다면, 우산을 챙기는 걸 빠뜨리지 않는다. 나를 빤히 바라보는 두 고양이에게 인사한다. 잘 다녀올게. 신발을 꺾어 신지 않고 현관문을 나선다.

추천의 글

고통이 전부인 사람들이 살고 있다. 슬픔이 전부인 사람들이 살고 있다. 일부가 아니라 전부다. 그것 말고 다른 것은 없는 사람들이 살고 있다. 시계의 초침이 움직이는 것을 바라보고 들숨과 날숨을 감각한다. 모든 관계를 낱낱이 해체하고 흩어버린다. 갈 곳 없이 혼자가 된다. 멀리서 시간이 흘러간다. 흘러가는 것들과 멀어진다. 자신의 손을 놓는다. 돌아눕는다. 벽은 세계의 전부가 된다. 눈을 감는다. 질문한다. 살아야 할까? 계속해서? 죽을 때까지 살아 있어야 할까? 『기대어 버티기』는 대답하지 않는다. 대신 죽지 않기로 한 사람들의 이야기를 들려준다. 먹는 것도 자는 것도 깨어나는 것도 시간을 보내는 것도 다시 익혀야 다음을 맞이할 수 있는 사람들의 이야기를 들려준다. 그리고 다음. 다음은 사람을 기약한다. 다음을 만나려고 사람은 산다. 화분에 물을 주고 반려동물에게 밥을 주고 매일 몸을 씻고 밥을 알맞게 먹고 조금만 운다. 혹시 모를 불운에 대비한다. 다음의 불행이 오고 다음의 행복이 온다. 그렇게 모든 것이 지나간다. 다음에 우리는 죽을 것이다. 반드시 죽는다.

_유진목(시인)

그의 우울은 그가 쓰고 싶어 하던 시를 닮았다. 벌거벗은 채 끝까지 가기 때문에. 두려움과 믿음 사이를 왕복하다가, 얼렁뚱땅 인생을 사랑해버린다는 점에서도. 작가는 자신의 슬픔을 밧줄 삼아 외로운 이들을 구조한다. 죽지 않기 위해 다른 이를 살려야 했던 그의 언어 속에서 우리는 생경한 단어들과 재회한다. 용기, 행복, 사랑. 사실은, 그것만으로 충분할 것이다.

_유지혜(작가)

김연지 작가를 바라보며 참 새처럼 사는구나, 생각했던 적이 있다. 이 사람은 세차게 흔들려도 무리를 짓고 둥지를 트는 구심력이 있다고 여겨졌기 때문이다. 하얀 풍경 속 흔들리는 새처럼 느껴지는 간격과 문장들. 그 문장을 읽으며 아렸고 계속해서 문의 형틀을 떠올리게 되었다. 집의 문과 병원의 문. 내가 열 수 있는 문과 열 수 없는 문. 삶의 문과 죽음의 문. 김연지는 문과 문 사이에 갇힌 감정 속에서도 자신의 공간을 지으며 문을 열어보는 사람이었다. 이 책은 김연지의 문고리가 아닐까. 많은 사람들이 이 책과 함께 자신의 문을 그리기를, 열어보기를 권하고 싶다. 무너짐 속에서도 나의 작은 수행을 믿어보면서.

_황예지(사진가, 작가)

기대어 버티기

초판 1쇄 인쇄 2024년 3월 19일
초판 1쇄 발행 2024년 3월 27일

지은이 김연지
펴낸이 이승현

출판1 본부장 한수미
컬처 팀장 박혜미
편집 박혜미
디자인 김태수

펴낸곳 ㈜위즈덤하우스 **출판등록** 2000년 5월 23일 제13-1071호
주소 서울특별시 마포구 양화로 19 합정오피스빌딩 17층
전화 02) 2179-5600 **홈페이지** www.wisdomhouse.co.kr

ISBN 979-11-7171-176-5 03810